矿难后心理危机干预

主　编　李建明　苑　杰

编委名单　（按姓氏汉语拼音顺序排列）

陈允恩　程淑英　高志华

李建明　李　凌　李　薇

魏志霞　晏丽娟　杨美荣

杨绍清　苑　杰

人民卫生出版社

图书在版编目（CIP）数据

矿难后心理危机干预/李建明等主编. —北京：
人民卫生出版社，2011.3
ISBN 978-7-117-14093-5

Ⅰ. ①矿⋯ Ⅱ. ①李⋯ Ⅲ. ①煤矿-矿山
事故-心理卫生-研究 Ⅳ. ①B845.67

中国版本图书馆 CIP 数据核字(2011)第 014213 号

| 门户网：www. pmph. com | 出版物查询、网上书店 |
| 卫人网：www. ipmph. com | 护士、医师、药师、中医
师、卫生资格考试培训 |

矿难后心理危机干预

主　　编：李建明　苑　杰
出版发行：人民卫生出版社(中继线 010-59780011)
地　　址：北京市朝阳区潘家园南里 19 号
邮　　编：100021
E - mail：pmph @ pmph. com
购书热线：010-67605754　010-65264830
　　　　　010-59787586　010-59787592
印　　刷：尚艺印装有限公司
经　　销：新华书店
开　　本：850×1168　1/32　印张：6
字　　数：150 千字
版　　次：2011 年 3 月第 1 版　2011 年 3 月第 1 版第 1 次印刷
标准书号：ISBN 978-7-117-14093-5/R・14094
定　　价：17.00 元

打击盗版举报电话：010-59787491　E-mail：WQ @ pmph. com
(凡属印装质量问题请与本社销售中心联系退换)

前　言

我国是煤炭生产大国,同时也是矿难发生大国。我国的煤炭产量占世界产量的 1/3 左右,但煤炭事故死伤人数却占世界的 80% 以上。据不完全统计,我国每天发生煤炭伤亡事故大约 2.5 起,使矿工付出了惨重的生命代价,给国家造成了巨大的经济损失。

矿难后,在抢救生命和财产之时,往往忽视幸存矿工及死难者家属的心理创伤,矿难所造成的矿工心理危机如同事故一样,也是一种灾难。由矿难所造成的矿工心理危机问题已经成了煤矿安全生产的一大隐患。每个矿难人员都会牵连着至少一个不幸的家庭,加上伤残人员的家庭,则会有更多的家属承受矿难后的心理痛苦。同时,参与救援的各类工作人员,包括救护队员、医务人员、管理人员等也不可避免地会经受心理磨难和痛苦,他们同样需要心理干预。

近年来,国家政府相关部门及社会各界提高了对矿难后心理问题和心理干预重要性的认识。目前对煤炭系统矿难后的心理干预尚未被纳入救治系统的必备环节,也缺乏有针对性的心理干预策略和干预手段,这些都会对矿难后的救治效果产生不利影响。

本教材以矿难受害者等为对象,分析了其矿难后的心理反应及影响因素,以及适应的心理评估工具;探讨了矿工心理健康评估、制定了针对矿难后心理反应的最适合的心理危机干预手段;建立了矿难后受害人群的心理反应实施干预的综合程序化、立体式干预策略,最终确定矿难后心理干预体系和运作模式。

编写此教材的目的是针对煤炭系统矿难后的心理干预队伍的培训,使他们掌握一定的心理干预技术,在矿难发生后能够及时赶赴现场,对其需要干预的人员进行心理疏导,把心理创伤造成的危害降到最低点,以促进和维护他们的心理健康。为了促进和维护矿工的心理健康,专门增加了一讲"矿工心理健康与促进"。

本教材适用于各类灾难后心理干预工作的指导,还可以作为心理咨询师提升专业能力的参考书。由于时间较短,可能有缺点和错误,请读者在学习和阅读过程中,提出宝贵意见和建议,以便修订时完善。

李建明　苑　杰

2011 年 1 月

目 录

第一讲

总　论

 **学习要点**

1. 心理危机及干预的概念。
2. 心理危机正常应对的三个阶段。
3. 矿难后心理危机的特征。
4. 心理危机干预的主要目的与目标。
5. 心理危机干预的原则。
6. 矿难后心理危机干预前的准备。
7. 干预技术要点。
8. 心理晤谈技术。
9. 矿难后心理危机干预的工作程序。
10. 矿难后心理危机干预工作者的素质要求。
11. 矿难后心理危机干预的注意事项。

一、矿难的概述

矿难是指在采矿过程中发生的事故。矿难造成伤亡的危险性极大，有着毁灭性的破坏，严重威胁矿工的生命安全，世界上每年至少有几千人死于矿难。

中国是一个产煤大国，是一个依赖煤炭能源的国家，同时也是矿难大国。全国现有煤矿 2 万个左右，2009 年原煤产量 30

亿吨,位居世界第一。但是煤炭产量高速增长的背后却是越来越触目惊心的煤矿安全事故。自 2000 年以来,煤矿事故一直高居不下。2003～2006 年累积死亡 22750 人,2007 年全国煤矿事故死亡人数是 3786 人,我国每年因各类煤矿事故造成的经济损失在 300 亿元左右。

煤矿事故,类似于地震、海难、重大交通事故,均属于急性、强烈、重大的创伤性应激事件。矿难会对事件经历的各类人员都带来一系列心理、生理和行为的改变,从多方面影响其心身健康。这种影响有的可能短期存在,也可能长期存在,并导致严重的心理痛苦或精神障碍(急性应激障碍 ASD),或创伤后应激障碍(PTSD)及适应障碍,患者的社会功能严重受损,有的终身丧失工作和生活能力。

研究表明,PTSD 的发病率为 5%～50%(平均 12%),约 1/3 的患者终生不愈,1/2 以上的患者常伴有物质滥用和其他精神障碍,自杀率是普通健康群体的 6 倍。在发达国家,每当灾难事件发生后,政府或有关机构会立即组织心理治疗与咨询人员前往出事地点进行心理救援或在事发当地开展心理干预工作。如美国已建立系统、完整的重大灾难心理危机干预系统,灾难心理卫生服务为国家灾难医疗系统的服务项目之一。国家灾难医疗系统的主要功能包括紧急医疗服务、伤病员分类以及收容治疗,在各环节中均有心理卫生专业人员参与。联邦一级的政府管理部门、州一级政府的心理卫生主管部门及其心理卫生服务机构都是灾难心理卫生服务网络的组成部分。

中国的心理危机干预工作相对世界上许多国家来说起步较晚,较为正式的灾难心理危机干预开始于 1994 年的新疆克拉玛依特大火灾,而 2008 年的四川汶川地震再次引发了人们对于灾难心理危机干预的关注。

2010 年 1 月 5 日 12 时 5 分,湖南省湘潭市湘潭县谭家山镇立胜煤矿发生一起火灾事故,事故造成 34 人死亡,事故直接经济损失 2962 万元;3 月 1 日 7 时 29 分,位于内蒙古自治区乌海市境内在建的神华集团骆驼山煤矿发生透水事故,事故造成 77 人被困,32 人死亡;3 月 28 日 13 时 40 分左右,山西省华晋焦煤公司王家岭煤矿发生一起特别重大透水事故,造成 153 人被困,38 人遇难;3 月 31 日 19 时 20 分左右,河南伊川国民煤业有限公司井下 21 煤工作面回风巷施工过程中瓦斯突出,逆流从负井口涌出,遇火在地面发生爆炸,矿难导致 40 人死亡,6 人失踪……矿难事故频发,它的每一次发生都牵动着亿万国民的心,它不仅给国家造成了重大的经济损失,也给受难者及其亲属带来了难以弥补的心理创伤。

2010 年 3 月 28 日山西王家岭矿难 153 名矿工受困,115 名获解救,在我国首次开始了大规模的对幸存矿工的心理救援。

二、常见的矿难事故种类

矿难事故种类包括瓦斯爆炸、煤尘爆炸、瓦斯突出、透水事故、矿井失火、顶板塌方等。盗采煤矿、生产失误、器械老化及故障等人为原因是矿难的主要原因。各类矿难事故说明,解决这些问题需要各级部门的统一协调。只有不断加强矿山开采的管理力度,才能有效地减少矿难事故的发生。

(一) 瓦斯爆炸

瓦斯爆炸是一种化学爆炸,是爆炸性气体混合物——瓦斯在一定浓度范围内受激发而发生的剧烈化学反应,反应时产生大量的热和气体。封闭后火区发生的瓦斯爆炸为化学爆炸,是以 CH_4 为主的瓦斯与空气的混合气体点燃后发生剧烈化学反应的结果。

1. 瓦斯爆炸的原因

(1)存在 CH_4 与氧浓度在爆炸浓度范围内的爆炸危险区。

(2)在爆炸危险区内存在火源点。火区封闭后,封闭区氧浓度和温度有降低趋势,瓦斯浓度则逐渐上升。如果瓦斯浓度升至爆炸范围时,发火区温度仍很高(存在高温性火源),且氧浓度尚未降到瓦斯爆炸极限浓度以下,就可能发生瓦斯爆炸。瓦斯爆炸是自由基链反应过程。它包括链引发、链传递、链分支和链终止等过程。如果混合气体各成分达到爆炸浓度范围,并且存在火源点,链反应过程就会被引发,链传递和链分支反应随之很快发生,反应速度急剧增加,反应放出的热量使气体温度迅速升高,体积剧烈膨胀,从而引起爆炸。

2. 预防措施

(1)采取瓦斯排放措施,防止封闭区瓦斯聚集。高瓦斯矿工作面都有瓦斯抽放系统,工作面因火被迫封闭后,应继续对工作面进行瓦斯抽放,直至确认封闭区不再有爆炸危险性,以防封闭后瓦斯浓度聚集而发生爆炸。

(2)采取从地面注惰气、注氮等方法降低封闭区氧浓度。封闭时,发火区温度、CO浓度都很高,所以不能在火区附近工作。此时可以从地面向火区注氮,降低火源点附近氧浓度和煤温,保证工作面安全。

(3)消灭火源高温点。采取向发火区注凝胶等方法,使高温点温度降低到可引起瓦斯爆炸的下限温度以下。

(4)用水封闭火区,如果发火区两端比较低,可以在撤离人员的情况下,向发火区所在巷道两端送水,直至用水封闭火区。火区用水封闭,能够保证密闭无漏风,而且一旦封闭区内发生爆炸,两端的水密封能有效地消除爆炸引起的冲击波,防止爆炸引起的大火蔓延。

(二)煤尘爆炸

煤在加工过程中产生的煤尘弥漫在空气中,当煤尘浓度达到一定值时,遭遇火花等明火发生爆炸的现象。煤尘爆炸指标可用可燃挥发分含量进行初步判定。在煤矿设计时,可燃挥发分含量可作为判定煤尘爆炸危险的指标。

1. 一般情况下,生产场所的浮游煤尘浓度是远低于煤尘爆炸下限浓度的。但是因空气振荡爆破的冲击波等原因使沉积的煤尘重新飞扬起来,这时的煤尘浓度大大超过爆炸下限浓度。据估算 4m² 断面的小巷道的周边,只要沉积 0.04mm 厚的一层煤尘,当它全部飞扬起来,就达到了爆炸下限。实际上井下的沉积煤尘都超过了这个厚度,所以减少巷道内的沉积煤尘量并清除出井,是最简单有效的防爆措施。

2. 生产环节采用有效的防尘、降尘措施,减少了煤尘的产生,降低了空气中的煤尘浓度,也就降低了沉积煤尘量。当发生瓦斯爆炸等异常情况时,巨大的空气震荡风流把岩粉和沉积煤尘都吹扬起来形成岩粉-煤尘混合尘云。当爆炸火场进入混合尘云区域时,岩粉吸收火焰的热量使系统冷却,同时岩粉粒子还会起到屏蔽作用,阻止火焰或燃烧的煤粒向未烧着的煤尘粒子传递热量,达到阻止煤尘着火的目的。

(三)透水事故

是指矿井在建设和生产过程中,由于防治水措施不到位而导致地表水和地下水通过裂隙、断层、塌陷区等各种通道无控制地涌入矿井工作面,造成作业人员伤亡或矿井财产损失的水灾事故,通常也称为透水。

1. 透水事故的预测

(1)巷道壁和煤壁"挂汗"。这是因压力水渗过微细裂隙后,凝聚于岩石和煤层表面造成的。

(2)煤层变冷。煤层含水增大时,热导率增大,所以用手摸煤壁时有发凉的感觉。

(3)淋水加大,顶板来压或底板鼓起并有渗水。

(4)出现压力水流(或称水线)。这表明离水源已较近,如出水混浊,说明水源很近;如出水清,则说明水源稍远。

(5)煤层有水挤出,并发出"咝咝"声,有时尚能听到空洞泄水声。

(6)工作面有害气体增加。积水区常激发出气体、瓦斯、二氧化碳和硫化氢等。

（7）煤壁或巷道壁"挂红"、酸度大、水味发涩和有臭鸡蛋味，这是老空水的特点。

（8）煤发潮发暗。干燥、光亮的煤由于水的渗入，就变得潮湿、暗淡，如果挖去表层，里面还是这样，说明附近有积水。

2. 透水事故的处理原则

（1）必须了解水灾的地点、性质、估计突出水量、静止水位、突水后涌水量、影响范围、补给水源及有影响的地面水。

（2）掌握灾区范围。如发生事故前人员分布、矿井中有生存条件的地点、进入该地点的可能通道。

（3）按积水量、涌水量组织强排，同时发动群众堵塞地面补给水源，排除有影响的地表水体积水，必要时可采用灌浆堵水。

（4）加强排水与抢救中的通风，切断灾区电源，防止一切火源。防止瓦斯和其他有害气体的聚积和涌出。

（5）排水后，侦察抢险中，要防止冒顶和二次水灾。

（6）搬运和抢救遇难者，要遵守医疗防护措施。

三、矿难发生后的心理创伤

矿难发生后给予受难者及其亲属的抚恤和安慰固然是重要且不可缺的，除此之外更值得人们深思的是这一群体的心理健康，而这一点长期以来被人们所忽视。其实重大灾难过后最让人痛心的不是物质上的损失而是人员的伤亡，物质上的损失可以通过后来的努力去弥补，而人员的伤亡、亲人的离去留下的往往是永远难以弥补的心理创伤。如何弥补这些创伤，将灾难所造成的损失降至最低便是政府和心理学工作者义不容辞的职责，也是摆在广大心理工作者面前的一大难题。积极在矿区开展心理健康知识的普及，灾难发生后及时有效地进行心理干预，是解决这一问题和建设和谐矿区不可缺少的重大工程。

目前矿区还没有自己的心理干预队伍，因此必须建立心理干预队伍，对矿区有关人员进行系统的培训，培训要有符合矿区特点的教材,这也是撰写此书的目的。

四、心理危机干预

(一) 心理危机及干预的概念

心理危机是指由于突然遭受严重灾难、重大生活事件或精神压力,使生活状况发生了明显的变化,尤其是出现了用现有的生活条件和经验难以克服的困难,以致使当事人陷于痛苦、不安状态,常伴有绝望、麻木不仁、焦虑,以及自主神经症状和行为障碍。

心理危机干预是指针对处于心理危机状态的个人及时给予适当的心理援助,使之尽快摆脱困难。

矿难后心理干预是指对矿难发生后处于心理危机状态的矿工幸存者、矿工亲属、子女、矿山救护人员及时给予适当的心理疏导,使之尽快摆脱困扰。

(二) 心理危机正常应对的三个阶段

每个人对严重事件都会有所反应,但不同的人对同一性质事件的反应强度及持续时间不同。一般的应对过程可分为三个阶段:第一阶段(立即反应),当事者表现麻木、否认或不相信;第二阶段(完全反应),感到激动、焦虑、痛苦和愤怒,也可有罪恶感、退缩或抑郁;第三阶段(消除阶段),接受事实并为将来作好计划。危机过程持续不会太久,如亲人或朋友突然死亡的居丧反应一般在 6 个月内消失,否则应视为病态。

(三) 矿难后心理危机的特征

1. 通常持续 1～6 周后消失,也可以是数月,这要看矿难的救助进度。

2. 在矿难危机期,矿工会发出需要帮助的信号,并更愿意接受外部的帮助和心理干预。

3. 预后取决于个人的心理素质、适应能力和主动作用,以及他人的帮助和心理干预。

(四) 心理危机干预的主要目的

1. 防止过激行为,自杀或攻击行为等。

2. 鼓励当事者充分表达自己的思想和情感、自信和正确的自我评价，提供恰当建议，促使问题解决。

3. 提供适当医学干预，处理昏厥、情感休克或激动状态。

(五) 心理危机干预的原则

1. 以社会稳定为前提工作，不给整体救援工作增加负担，减少次级伤害。

2. 综合应用干预技术，针对个体目前问题提供帮助。

3. 保护接受干预者的隐私，不随便透露个人信息。

4. 鼓励自信，不要让当事者产生依赖心理。

5. 把心理危机作为心理问题处理，只要情绪基本稳定，无攻击行为不要作为疾病进行处理。

五、矿难后心理危机干预前的准备

对矿难情况的了解，包括道路、天气等矿难救援情况，以及对目前政府救援计划和实施情况；这是保证心理干预活动顺利开展的重要准备工作。

1. 确定心理干预地点。

2. 确定干预对象及其分布和数量。

3. 制订危机干预实施方案。

4. 编制、印刷心理危机干预评估工具和相关宣传资料。

5. 联络、了解所要干预地区、医院、住院受伤人员、死难者及家属分布和安置情况，制订具体的干预程序。

6. 干预团队的食宿安排，干预队员自用物品，常用药品的准备。

7. 如有可能对当地医护人员进行危机干预知识培训，扩大人力资源。

六、矿难后心理危机干预的对象与方法

评估、干预、教育、宣传相结合，提供矿难心理救援服务；尽

量进行矿难的社会心理监测和预报,为救援组织者提供处理紧急群体心理事件的预警及解决方法;促进形成灾后矿区心理社会干预支持网络。

(一) 确定目标人群及数量

矿难的心理受灾人群大致分为五级人群。重点干预目标从第一级人群开始,一般性干预宣传广泛覆盖五级人群。

第一级人群:为直接卷入矿难的幸存者。

第二级人群:与第一级人群有密切联系的个人和家属,可能有严重的悲哀和内疚反应,需要缓解继发的应激反应;现场救护人员(消防、武警官兵、120 救护人员、矿山救护人员、其他救护人员)。该人群为高危人群,是干预工作的重点,如不进行心理干预,其中部分人员可能发生严重的心理障碍。

第三级人群:从事救援或搜寻的非现场工作人员(后援)、帮助进行矿难后重建或康复工作的人员或志愿者。

第四级人群:受灾地区以外的社区成员,向受灾者提供物资与援助,对矿难的发生负有一定责任的组织。

第五级人群:在临近矿难矿区的矿工心理失控的个体易感性高,可能表现出心理病态的征象。

(二) 时间表

根据目标人群和心理干预队成员人数,排出工作日程表。

(三) 确定干预技术

1. 首先要取得受矿难伤害人员的信任,建立良好的沟通关系。

2. 提供疏泄机会,鼓励他们把自己的内心情感表达出来。

3. 对访谈者提供心理危机及危机干预知识的宣教、解释心理危机的发展过程,使他们理解目前的处境,理解他人的感情,帮助他们建立自信,提高对生理和心理应激的应付能力。

4. 根据不同个体对事件的反应,采取不同的心理干预方法,如积极处理急性应激反应,开展心理疏导、支持性心理治疗、认知矫正、放松训练、晤谈技术(CISD)等,以改善焦虑、抑郁和恐惧情绪,减少过激行为的发生,必要时适当应用镇静药物。

5. 除常规应用以上技术进行心理干预外,引入规范的程式化心理干预方法——眼动脱敏信息再加工技术(EMDR)。

6. 调动和发挥社会支持系统(如家庭、社区等)的作用,鼓励多与家人、亲友、同事接触和联系,减少孤独和隔离。

(四) 干预技术要点

1. 心理急救

(1)接触和参与:倾听与理解,应答幸存者以非强迫性的、富于同情心的、助人的方式开始与幸存者接触。

(2)安全确认:增进当前和今后的安全感,提供实际需要和情绪的放松。

(3)稳定情绪:使在情绪上被压垮或定向力失调的幸存者得到心理平静、恢复定向。愤怒处理技术、哀伤干预技术。

(4)释疑解惑:识别出立即需要给予关切和解释的问题,立即给予可能的解释和确认。

(5)实际协助:给幸存者提供实际的帮助,比如询问目前实际生活中还有什么困难,协助幸存者调整和接受因矿难改变了的生活环境及状态,以处理现实的需要和关切。

(6)联系支持:帮助幸存者与主要的支持者或其他的支持来源,包括家庭成员、朋友、社区的帮助资源等建立短暂的或长期的联系。

(7)提供信息:提供关于应激反应的信息、正确应付和减少苦恼及促进适应性功能的信息。

(8)联系其他服务部门:帮助幸存者联系目前需要的或者即将需要的那些可得到的服务。

2. 心理晤谈技术

通过系统的交谈来减轻压力的方法,个别或者集体进行,自愿参加。对于病房的轻症矿难幸存者或医护人员、救援人员,可以按不同的人群分组进行集体晤谈。

心理晤谈的目标:公开讨论内心感受;支持和安慰;资源动

员;帮助当事人在心理上(认知上和感情上)消化创伤体验。集体晤谈时限:灾难发生后24～48小时之间是理想的帮助时间,6周后效果甚微。正规集体晤谈,通常由合格的精神卫生专业人员指导,事件发生后24～48小时之间实施,指导者必须对小组帮助有广泛了解,指导者必须对应激反应知识有所了解,在事件发生后24小时内不进行集体晤谈。

晤谈过程:一般分6期,非常场合操作时可以把第二期、第三期、第四期合并进行。

第一期 介绍期:指导者进行自我介绍,介绍集体晤谈的规则,仔细解释保密问题。

第二期 事实期:请参加者描述矿难事件发生过程中他们自己及事件本身的一些实际情况;询问参加者在这些严重事件过程中的所闻、所见、所嗅和所为;每一参加者都必须发言,然后参加者会感到整个事件由此而真相大白。

第三期 感受期:询问有关感受的问题,如事件发生时您有何感受?您目前有何感受?以前您有过类似感受吗?

第四期 症状期:请参加者描述自己的应激反应症状,如失眠、食欲不振、脑子不停地闪出事件的影子,注意力不集中,记忆力下降,决策和解决问题的能力减退,易发脾气,易受惊吓等;询问矿难事件过程中参加者目前有何不寻常的体验?事件发生后,生活有何改变?请参加者讨论其体验对家庭、工作和生活造成什么影响和改变。

第五期 辅导期:介绍正常的反应;提供准确的信息,讲解事件、应激反应模式;应激反应的常态化;强调适应能力;讨论积极的适应与应付方式;提供有关进一步服务的信息;提醒可能的并存问题(如饮酒);给出减轻应激的策略;自我识别症状。

第六期 恢复期:总结晤谈过程;回答问题;提供保证;讨论行动计划;重申共同反应;强调小组成员的相互支持;可利用的资源;主持人总结。

整个过程需 2 小时左右完成。严重事件后数周或数月内进行随访。

3. 晤谈注意问题

(1)对那些处于抑郁状态的人或以消极方式看待晤谈的人，可能会给其他参加者添加负面影响。

(2)鉴于晤谈与特定的文化性建议相一致，有时文化仪式可以替代晤谈。

(3)对于急性悲伤的人，如家中亲人去世者，不适宜参加集体晤谈。因为时机不好，如果参与晤谈，受到高度创伤者可能为同一会谈中的其他人带来更具灾难性的创伤。

(4)世界卫生组织(WHO)不支持只在受害者中单次实施。

(5)受害者晤谈结束后，干预团队要组织队员进行团队晤谈，缓解干预人员的压力。

(6)不要强迫叙述灾难细节。

4. 松弛技术

除了那些分离反应明显者，对所有被干预者教会放松技术：呼吸放松、肌肉放松、想象放松。

七、矿难后心理危机干预的工作程序

(一) 专家组应该迅速给政府及相关部门提出建议

1. 如果有些医院伤员及家属过于集中，会给救援工作和善后处理带来一些隐患，建议尽量将其分散救治。

2. 对于死者家属的安置要尽可能分散，持续有人陪伴，提供支持帮助；防止他们在一起出现情感爆发，以免善后处理被动。

3. 对死伤者及其家属的信息通报要公开、透明、真实、及时，以免引起激动情绪，给救援工作带来继发性困难。

4. 在对伤工及家属进行心理救援的同时，政府各部门要对参与救援人员的心理应激加以重视，组织他们参加由心理干预团队提供集体心理辅导。

5. 定期召开信息发布会,将救援工作的进展情况及已做的工作,让公众了解,注意发布前把必须传达的信息做好整理,回答记者的问题要尽可能精确和完整,尽可能保证属实,如果没有信息或信息不可靠,要如实回答;积极主动,引导舆论导向。

6. 建议矿难救援指挥部能够进一步协调各部门关系,以便心理危机干预工作的顺利进行。

建议提出后,应该尽量和矿难救援指挥部门沟通,以取得重视并采纳,然后采取强有力的措施加以落实。

(二) 工作流程

1. 联系救援指挥部、各家医院,确定矿难后伤员住院分布情况以及进入现场救援的医护人员情况。

2. 拟定心理危机干预培训内容、宣传手册、心理危机评估工具,并紧急印刷。

3. 召集人员夜间举行技术培训以便统一思想和技术路线,内容包括心理危机干预技术、流程、评估方法等。

4. 紧急调用当地精神卫生中心的人员和设备等。

5. 分组到各家医院、社区,访谈矿难幸存人员、相关医护人员,发放心理危机干预相关知识宣传资料。

6. 应用评估工具,对访谈人员逐个进行心理筛查,重点人群评估、危机动力分析。

7. 根据评估结果,对出现心理应激反应的人员当场进行初步的心理干预。

8. 在每一家医院均向医院领导提出有关病人的指导性诊疗和处理意见、工作人员与病人沟通处理技巧、工作人员自身心理保健技术。

9. 对每一位筛选出有急性心理应激反应的人员进行随访,强化心理干预和必要的心理治疗,治疗结束后再次进行心理评估。

10. 对医院医护人员进行集体讲座、个体辅导、集体晤谈等干预处理。及时发现现场救援的医护人员普遍出现的明显应激反应(主要表现为:矿难场景的闪回,情绪不稳定、焦虑、食欲差、失眠,工作效率下降等)。

11. 每天晚上工作组人员召开会议,总结当天工作,对工作方案进行调整,并部署下一步的工作。对干预人员开展督导。

八、矿难后心理危机干预工作者的素质要求

心理危机干预是一项专业性和实践性很强的工作,是对心理干预人员的巨大挑战,与一般心理咨询服务比较,心理危机干预对人员的专业素质要求更高、更科学、更规范。

(一)丰富的专业知识

矿难后心理危机干预需要综合应用健康教育、评估、心理疏导、支持性心理治疗、认知矫正、放松训练、关键事件应激晤谈、个别治疗等方法。要求心理危机干预者必须掌握心理危机干预相关理论知识,包括灾难后的社会心理反应、创伤后心理障碍识别、诊断标准等,同时系统接受常用干预技术的技能培训,才能在现场根据具体情况灵活应用。

(二)健康的人格特质

1. 沉着冷静。面对矿难现场,能控制自己的情绪,客观分析问题,制订行动计划。

2. 灵活创新。具体干预工作可能遇到行动困难、条件限制、紧急情况,需要干预者充分发挥创造性和灵活性,利用现有条件想办法解决问题。

3. 充沛精力。因为矿难事件突发,可能人员众多,情况复杂,所以心理危机干预的工作量和工作强度很大,有时候条件很艰苦,需要长时间连续工作,因此要求干预者有良好的体力和耐力,平时加强锻炼身体,保持良好的心身状态。

4. 反应迅速。心理危机干预需要快速反应,有效解决问题。干预者需要具备快速反应的思维和行动能力,以适应现实需要。

(三)人生经验

干预者应具有丰富的生活经历,能够将丰富的人生阅历和

成长经验应用于各种实际工作。这有助于他们在危机面前表现得成熟、乐观、坚忍、坚强，有助于他们合理配置自己的心理资源，以更好地帮助心理危机受害者。

九、矿难后心理危机干预工作者的工作模式

这是在政府部署和统一领导、指挥下实施的一项政府行为，这种行为是有组织的、多系统、多部门通力合作的、职责分明的、有规范技术要求的。按照各级政府制定的突发公共危机事件应急预案的要求，心理危机干预与生命救援一样要在主管部门的统一指挥下开展工作。在矿难事故中，有经验的心理干预工作人员经过专业的、科学的心理危机干预技术培训，可以加入心理危机干预团队，直接进入现场进行干预工作；也可以借助电话、网络等手段，提供专业的心理援助。

十、矿难后心理危机干预的注意事项

1. 矿难后心理危机干预是指针对处于心理危机状态的个人及时给予适当的心理援助。这不是一种程序化的心理治疗，而是一种心理服务。

2. 矿难后心理危机干预的最佳时间是遭遇矿难后的 24～72 小时。24 小时内一般不进行危机干预。24 小时至 72 小时进行危机干预是最佳时间。若在 4 周后才进行危机干预，作用明显降低。

3. 矿难后心理危机干预的方法是最简易的心理治疗方法，如净化倾诉、危机处理（心理支持）、松弛训练、心理教育、严重事件集体减压等。

4. 矿难后心理危机干预必须和社会支持系统结合起来。尤其是在遭遇重大矿难的时候，心理危机干预和社会工作服务是紧密结合在一起的。

（李建明　李　薇）

第二讲

矿难后应激反应及相关障碍

1. 个体在心理应激状态下的表现。
2. 应激反应与相关障碍的评估与诊断。
3. 应激相关反应与相关障碍的处理。

一、应激的概述

心理应激反应不同于心理应激障碍，只有应激反应超出一定强度或持续时间超过一定限度，并对个体的社会功能和人际交往产生影响时，才构成应激障碍。《中国精神障碍分类与诊断标准第 3 版》(CCMD-3)将应激相关障碍分为三大类，包括急性应激障碍、创伤后应激障碍、适应障碍。

（一）应激反应和应激障碍的原因

1. 社会生活的变化　包括自然灾害与人为灾害，如矿难、战争、洪水、地震、空难等，可引起强烈的急性应激反应或应激障碍。

2. 家庭内部矛盾还有两代成员之间的关系不和，如子女厌学、学习成绩差，考试与升学失败，就业困难，子女出走、远离家庭，婆媳不和等。

3. 学校与职业场合的问题　与同事或上下级人际关系长期紧张，晋升、晋级受挫，工作学习负担过重，主观愿望或现实要求超过了本人能力所及的限度，对职业不满意但又无法改变等。

（二）心理应激反应的主要症状

1. 意识状态　警觉性增高，对刺激很敏感，普通声光刺激易导致惊跳反应。

2. 注意力　分散而难以集中，易出差错。

3. 思维　单一、刻板，缺乏灵活性，轻率作出决定，或思维杂乱，茫无头绪。

4. 情感活动　情绪不稳、易激惹，甚至出现攻击行为，易哭泣，或表情茫然，或激情发作、号啕大哭，或焦虑不安、慌张恐惧，亦可出现悲观抑郁。

5. 行为动作　坐立不安、震颤、小动作多，或刻板、转换动作。

6. 自主神经功能症状　食欲减退，睡眠障碍、口干，尿意频繁，性功能障碍或性欲减退，月经不调，头昏头痛，倦怠乏力，慢性躯体疼痛等。

7. 烟、酒、镇静剂等用量增加。

二、应激相关障碍

心理创伤后应激障碍是一组由心理社会因素所致的精神障碍。一般认为，决定本组精神障碍的发生、临床表现与病程的因素有生活事件和生活处境；社会文化特点；个体人格特点、教育程度、智力水平、生活态度、信念及当时的躯体功能状况等。

国内12个地区精神疾病流行病学调查(1982)表明，反应性精神病总患病率为0.68‰，现患病率为0.08‰。以青壮年发病多见，男女性别相近，但国外研究表明女性多于男性。现介绍临床上常见的几种情况。

（一）急性应激障碍

急性应激障碍常在强烈的精神刺激之后数分钟至数小时起

病,大多历时短暂,可在几天至一周内恢复,预后良好,一般在一个月内未缓解者,不做此诊断。

1. 核心症状　①意识障碍,精神运动性兴奋与抑制等多种症状。有意识障碍者可见注意力集中困难、定向障碍,注意狭窄,言语缺乏条理,自发言语,动作杂乱、无目的性,对周围感知不真实,出现人格和现实解体,偶见冲动行为,事后部分遗忘。②不协调的精神运动性兴奋,激越,喊叫,乱动或情感爆发,话多,内容常涉及心因与个人经历。部分病人表现为运动性抑制,情感迟钝、麻木,行为退缩,少语少动,亚木僵状态。③大部分病人表现为创伤性经历常因想象、考虑、梦境、闪回(flashback)、触景生情等多种途径引发个体反复重新体验,而个体则对能勾起痛苦回忆的刺激尽量回避。病人常伴有失眠、易激惹、高度警觉和惊跳反应、运动不安等症状,而幻觉妄想罕见。

2. 诊断标准

美国诊断标准——《诊断与统计手册:精神障碍,第四版修订本》(DSM-IV-TR):

在 DSM-IV-TR 中,急性应激障碍的诊断标准如下:患者曾暴露于创伤性事件,存在以下二者:

(1)患者亲自体验、目睹、或遭遇某一或数件涉及真正的(或几乎会招致)死亡或严重损伤,或者涉及自己或他人躯体的完整性会遭到威胁的事件。

(2)患者有强烈的害怕、失助或恐惧反应。

在体验这种令人痛苦事件之时或之后,患者会表现出下列 3 项以上分离性症状:

(1)麻木、脱离,或没有情感反应的主观感觉。

(2)对他(或她)周围的认识能力有所减低(例如"发呆")。

(3)现实解体:自发地诉说外部世界的性质发生了改变,因而显得不真实,如感到现实世界疏远、缺乏生气、似乎是假的或者像舞台,人们在上面表演着规定的角色。而不是自己的精神活动或身体的性质改变。病人一般知道这种改变是不真实的，否则为现实解体妄想。

（4）人格解体：特征为自我关注增强，但感到自我的全部或部分似乎是不真实、遥远或虚假的；这种改变发生时，感觉正常而且情感表达能力完整。觉得身体某部分变大、变小、分离、嵌合、空虚。自知力一般能保留，否则为人格解体妄想。

（5）分离性遗忘（即不能回忆该创伤的重要内容）。

以下列 1 种以上的方式，持续地重新体验到这种创伤事件：反复的印象、梦、错觉、闪回发作或这种体验的生动再现感；或者是回忆到上述创伤事件时的痛苦烦恼。

◎ 对于能引起创伤回忆的刺激，明显的回避（例如思想、感受、谈话、活动、地点、人物）。

◎ 明显的焦虑或警觉增高症状（例如，难以入睡、激惹、注意力不集中、警觉过高、过分的惊吓反应、坐立不安）。

◎ 此障碍产生了临床上明显的痛苦烦恼，或在社交、职业或其他重要方面的功能缺损，或者影响了患者继续其必需的事业，例如花了不少时间去告诉家人这些创伤体验以期获得帮助。

◎ 此障碍至少持续 2 天，最多不超过 4 周；并发生于创伤事件之后 4 周之内。

◎ 此障碍并非由于某种物质（例如某种滥用药物、治疗药品）或由于一般躯体情况所致的直接生理性效应，也不可能归于短暂性精神病性障碍，而且也不只是已有的轴Ⅰ或轴Ⅱ障碍的恶化加重。

国际诊断标准——ICD-10-E：

ICD-10-E 是"国际疾病分类"（International Classification of Disease，ICD），目前全世界通用的是 1990 年经第 43 届世界卫生大会通过的第 10 次修订本《疾病和有关健康问题的国际统计分类》（International Statistical Classification of Diseases and Related Health Problems），仍保留了 ICD 的简称，并被统称为

ICD-10。近年来,世界卫生组织(WHO)又数次进行了小范围的修订,目前的最新版本是世界卫生组织 2007 年颁布的《疾病和有关健康问题的国际统计分类第 10 版修订本》(ICD-10-E)。在 ICD-10-E 中,急性应激障碍称为急性应激反应(acute stress reaction,ASR),其定义及诊断标准如下:

(1)定义:急性应激反应为一过性障碍,作为对严重躯体或精神应激的反应发生于无其他明显精神障碍的个体,常在几小时或几天内消退。应激源可以是势不可挡的创伤体验,包括对个体本人或其所爱之人安全或躯体完整性的严重威胁(如自然灾害、事故、战争、受罪犯的侵犯、被强奸);也可以是个体社会地位或社会关系网络发生急骤的威胁性改变,如同时丧失多位亲友或家中失火。如同时存在躯体状况衰竭或器质性因素(如老年人),发生本障碍的危险性随之增加。

并非所有面临异乎寻常应激的人都出现障碍,这就表明个体易感性和应付能力在急性应激反应的发生及表现的严重程度方面有一定作用。症状有很大变异性,但典型表现是最初出现"茫然"状态,表现为意识范围局限、注意狭窄、不能领会外在刺激、定向错误。紧接着这种状态,是对周围环境进一步退缩(可达到分离性木僵的程度),或者是激越性活动过多(逃跑反应或神游)。常存在惊恐性焦虑的自主神经症状(心动过速、出汗、面赤)。症状一般在受到应激性刺激或事件的影响后几分钟内出现,并在 2～3 天内消失(常在几小时内)对于发作可有部分或完全的遗忘。

(2)诊断要点:异乎寻常的应激源的影响与症状的出现之间必须有明确的时间上的联系。症状即使没有立刻出现,一般也在几分钟之内。此外症状还应包括:①表现为混合性且常常是有变化的临床相,除了初始阶段的"茫然"状态外,还可有抑郁、焦虑、愤怒、绝望、活动过度、退缩,且没有任何一类症状持续占优势;②如果应激性环境消除,症状迅速缓解;如果应激持续存在或具有不可逆转性，症状一般在 24～48 小时开始减轻，并且大约在 3 天后往往变得十分轻微。

本诊断不包括那些已符合其他精神科障碍标准的患者所出现的症状突然恶化。但是，既往有精神科障碍的病史不影响这一诊断的使用。包含急性危机反应、战场疲劳、危机状态、精神休克。

中国诊断标准——《中国精神障碍分类与诊断标准第 3 版》（CCMD-3）：

CCMD-3 关于急性应激障碍的诊断标准如下：以急剧、严重的精神打击作为直接原因。在受刺激后立刻（1 小时之内）发病。表现有强烈恐惧体验的精神运动性兴奋，行为有一定的盲目性；或者为精神运动性抑制，甚至木僵。如果应激源被消除，症状往往历时短暂，预后良好，缓解完全。

（1）症状标准：以异乎寻常和严重的精神刺激为原因，并至少有下列 1 项：①有强烈恐惧体验的精神运动性兴奋，行为有一定盲目性；②有情感迟钝的精神运动性抑制（如反应性木僵），可有轻度意识模糊。

（2）严重标准：社会功能严重受损。

（3）病程标准：在受刺激后若干分钟至若干小时发病，病程短暂，一般持续数小时至 1 周，通常在 1 个月内缓解。灾难发生后 24～48 小时之间是理想的干预时间，在事件发生后 24 小时内不进行心理危机干预。

急性应激障碍与创伤后应激障碍的区别，主要是在病程的时间上。急性应激障碍在灾害事件后马上发病，其病程为灾害事件发生的一个月以内。而创伤后应激障碍是在灾害事件后发病，而症状已经持续 1 个月以上。

（二）创伤后应激障碍（post-traumatic stress disorder，PTSD）

1. 概述　指对创伤等严重应激因素的一种异常心理反应，它是一种延迟性、持续性的心身反应，是由于受到异乎寻常的威胁性、灾难性心理创伤，导致延迟出现和长期持续的心理生理障碍。

PTSD应激源往往具有非常惊恐或灾难性质，如矿难、残酷的战争、洪水、地震等，常引起个体极度恐惧、害怕、无助之感。事件本身的严重程度，暴露于这种精神创伤性情境的时间，接触或接近生命威胁情境的密切程度，人格特征、个人经历、社会支持、躯体心理素质等是影响病程迁延的因素。

发病多数在遭受创伤后数日至半年内出现，大多数病人1年内恢复。在美国，一生当中罹患PTSD的几率：预计有7.8%的美国人在一生中会出现PTSD，男性为5%，女性是10.4%，女性是男性的2倍。大约有30%经历过战争时期的男性和女性表现出PTSD，20%～25%的人在一生中的某时段会有特别的PTSD症状。美国"9·11"事件发生以后，一份民意调查结果显示，有70%的人感到情绪沮丧，有将近一半的人声称难以集中精力，有1/3的人失眠。据美国APA统计，美国PTSD的人群总体患病率平均为7.8%。阿尔及利亚研究结果显示，PTSD人群总体患病率高达37.4%。一般说来，不同的人群或个体，不同应激事件所致PTSD的患病危险性亦不相同。研究表明，每个人包括儿童在内都有发生PTSD的可能性，而且女性是男性的2倍。据中国《唐山地震灾区社会恢复与社会问题研究》的调查分析，估计大约有10%左右的严重受灾者可能有创伤后应激障碍。

2. 核心症状

（1）反复重现创伤性体验：可表现为控制不住地回想受创伤的经历，反复出现创伤性内容的噩梦，反复发生错觉或幻觉或幻想形式的创伤性事件重演的生动体验（症状闪回），当面临类似情绪或目睹死者遗物，旧地重游，纪念日时，又产生"触景生情"式的精神痛苦。

（2）持续性的警觉性增高：表现为难以入睡或易惊醒，注意力集中困难。激惹性增高,过分的心惊肉跳,坐立不安,遇到与创伤事件多少有些相似的场合或事件时,产生明显的生理反应,如心跳加快,出汗,面色苍白等。

(3)持续回避:在创伤性事件后,患者对与创伤有关的事物采取持续回避的态度。回避的内容不仅包括具体的场景,还包括有关的想法、感受和话题。

3. 诊断与鉴别诊断

DSM-Ⅳ-TR(2000)中,PTSD 的诊断标准:

(1)患者曾暴露于某一创伤性事件,存在以下二者:①患者亲自体验、目睹、或遭遇某一或数件涉及真正的或几乎招致的死亡或严重的损伤,或者涉及自己或他人躯体完整性遭到威胁的事件;②患者有强烈的害怕、失助或恐惧反应。如是儿童,则代之表现为紊乱或激越的行为。

(2)以下列 1 种(或多种)的方式持续地重新体验到这种创伤事件:①反复闯入性地痛苦地回忆起这些事件,包括印象、思想,或知觉。如是幼儿,反复地进行表达创伤主题或一些有关的游戏。②反复而痛苦地梦及此事件。如是儿童,可能是令人可怕的梦而讲不清内容。③似乎创伤事件正在重现的动作或感受(包括这种体验、错觉、幻觉及分离性闪回发作于再现之时的感觉,包括发生了意识清醒时或酒醉时)。如是幼儿,可出现特殊创伤的再现。④暴露于作为此创伤事件的象征或很相像的内心或外界迹象之时,出现强烈的心理痛苦烦恼。⑤暴露于作为此创伤事件的象征或很相像的内心或外界迹象之时,出现生理反应。

(3)对此创伤伴有的刺激作持久的回避,对一般事物的反应显得麻木(在创伤前不存在这种情况),表现为下列 3 项以上:①努力避免有关此创伤的思想、感受或谈话;②努力避免会促使回忆起此创伤的活动、地点或人物;③不能回忆此创伤的重要方面;④明显地很少参加有意义活动或没有兴趣参加;⑤有脱离他人或觉得他人很陌生的感受;⑥情感范围有所限制(例如不能表示爱恋);⑦对未来没有远大设想。

(4)警觉性增高的症状(在创伤前不存在),表现为下列 2 项或以上:①难以入睡,或睡得不深;②激惹或易发怒;③难以集中注意力;④警觉过高;⑤过分的惊吓反应。

此障碍产生了临床上明显的痛苦烦恼,或在社交、职业或其他重要方面的功能缺损。

注:急性:如病期在 3 个月之内。慢性:如病期在 3 个月以上。延迟起病:如症状在应激后至少 6 个月才发生。

ICD-10 第二次修订版(2005)中,PTSD 的诊断标准:

诊断要点:本障碍的诊断不宜过宽。必须有证据表明它发生在极其严重的创伤性事件后的 6 个月内。但是如果临床表现典型,又无其他适宜诊断(如焦虑或强迫障碍,或抑郁)可供选择,即使事件与起病的间隔超过 6 个月,给予"可能"诊断也是可行的。除了有创伤的依据外,还必须有在白天的想象里或睡梦中存在反复的、闯入性的回忆或重演。常有明显的情感疏远、麻木感,以及回避可能唤起创伤回忆的刺激。但这些都非诊断所必需。自主神经紊乱、心境障碍、行为异常均有助于诊断,但亦非要素。迟发的灾难性应激的慢性后遗效应,即应激性事件过后几十年才表现出来。

CCMD-3(2001)中,PTSD 的诊断标准:

由异乎寻常的威胁性或灾难性心理创伤,导致延迟出现和长期持续的精神障碍。主要表现为以下 5 点:

(1)反复发生闯入性的创伤性体验重现、梦境,或因面临与刺激相似或有关的境遇,而感到痛苦和不由自主地反复回想。

(2)持续的警觉性增高。

(3)持续的回避。

(4)对创伤性经历的选择性遗忘。

(5)对未来失去信心。

症状标准：

（1）遭受对每个人来说都是异乎寻常的创伤性事件或处境（如天灾人祸）。

（2）反复重现创伤性体验（病理性重现），并至少有下列1项：①不自主回想受打击的经历；②反复出现有创伤性内容的噩梦；③反复发生错觉、幻觉；④反复触景生情的精神痛苦，如目睹死者衣物、旧地重游或周年日等情况下感到异常痛苦和产生明显生理反应，如心悸、出汗、面色苍白。

（3）持续的警觉性增高，至少有下列1项：①入睡困难或睡眠不深；②易激惹；③集中注意困难；④过分担惊受怕。

（4）对与刺激相似或有关的情境的回避，至少有下列2项：①极力不想有关创伤经历的人与事；②避免参加能引起痛苦回忆的活动；③不愿与人交往，对亲人变得冷淡；④兴趣爱好范围变窄，但对与创伤无关的某些活动仍有兴趣；⑤选择性遗忘；⑥对未来失去希望。

严重标准：社会功能受损。

病程标准：精神障碍延迟发生（即在遭受创伤后数日至数月后，罕见延迟半年以上才发生），符合症状标准至少已3个月。

排除标准：排除情感性精神障碍、其他应激障碍、神经症、躯体形式障碍。

4. PTSD 量表评估

近年来很多研究认为，最好的诊断 PTSD 方法是结合结构性访谈和自评的问卷。多元化的方法特别有助于检测一些否认或夸大他们症状的患者。

（1）PTSD 结构式诊断（Structured Diagnosis）量表：①临床医师专用 PTSD 量表（Clinician-Administered PTSD Scale，CAPS）；②PTSD 症状会谈量表（PTSD Symptom Scale Interview，PSS-I）；③PTSD 会谈量表（PTSD Interview）；④PTSD 的

结构式会谈量表(Structured Interview for PTSD,SI-PTSD)。

(2)PTSD 自陈式问卷(Self-Report Questionnaires):①创伤后应激的宾思量表(Penn Inventory for Post-traumatic Stress);②与战争有关的 PTSD 密西西比量表(Mississippi Scale for Combat-Relates PTSD);③创伤后诊断量表(Post-traumatic Diagnosis Scale,PTDS);④PTSD 检测表(PTSD Checklist,PCL);⑤明尼苏达第二版的肯恩 PTSD 量表(Keane PTSD Scale of the MMPI-2)。

通用心理卫生量表及心理测验的使用:①评定式:汉密顿抑郁量表(HAMD)、汉密顿焦虑量表(HAMA)、神经精神病学临床评定表(SCAN);②自陈式:抑郁自评量表(SDS)、焦虑自评量表(SAS)、症状自评量表(SCL-90);③心理测验及评定的三大块:能力、个性、情绪反应。应用:筛选性测查、诊断性测查。

5. PTSD 的治疗原则和方法

(1)PTSD 心理治疗的原则:①全面认识危机干预的作用;②倾听技术——听比说重要;③非评判性态度;④灵活运用会谈计划;⑤区别情绪与行为;⑥保密原则。

(2)心理治疗的方法:①认知行为疗法;②心理动力治疗;③催眠治疗;④婚姻与家庭治疗;⑤社会心理复建;⑥创意治疗。

6. PTSD 的药物治疗

药物治疗是 PTSD 的重要治疗手段之一。应激早期应用苯二氮䓬类(BZ)可预防 PTSD 的发生,但长期应用易导致依赖,停药出现戒断反应,还损害认知功能,不宜首选。选择性五羟色胺再摄取抑制剂(SSRIs)抗抑郁药疗效和安全性好,不良反应轻。被推荐为一线用药。其他新型抗抑郁药和非 BZ 类抗焦虑药疗效较好,不良反应轻,是治疗 PTSD 较有前途的药物。

(三) 适应障碍

适应障碍是指在可以辨认的日常生活中的应激性事件的影

响下，由于易感个性，适应能力不良，个体对该应激源出现超出常态的反应性情绪障碍或适应不良行为，导致正常工作和人际交往受损。这种障碍的程度一般较轻，持续时间一般不超过6个月，应激事件的消除和应付能力的改善而恢复。

1. 核心症状

（1）适应障碍主要表现为情绪障碍，可出现一些适应不良行为和生理功能障碍。抑郁心境为主者表现为情绪低，对日常生活丧失兴趣、自责、无望无助感，可伴睡眠障碍，食欲减退、体重减轻；有激越性抑郁的特点。

（2）焦虑为主症者表现为紧张不安，担心害怕，神经过敏，有心慌、气促、窒息感，有的病人则表现为抑郁、焦虑的混合状态。

（3）品行障碍为主症者常见于青少年，表现为一些品行障碍与社会适应不良行为，如逃学、斗殴、偷盗、说谎、物质滥用、离家出走，过早性行为等。有的表现为情绪和品行障碍共同存在，或表现为躯体不适、社会退缩、工作和学习能力受抑制为主的形式。

2. 诊断

（1）有明显的生活事件为诱因，精神障碍始于事件后3个月内。

（2）有理由推断生活事件和病人的人格特征起着同样重要的作用。理由是事发前病人一直精神正常，很多其他人都能顺利处理这类事件而无任何异常，有证据表明病人的社会适应能力不强。

（3）以情绪障碍为主要表现，同时有适应不良行为和生理功能障碍。

（4）精神障碍妨碍了社会功能，且病情至少1个月，最长不超过6个月。

3. 鉴别诊断

（1）人格障碍：重要的是病史，如症状表现仅为原有人格障碍表现的加重,则没必要下两个诊断,如应激事件导致了新的症状的产生,可下两个诊断。应激源消失,适应性障碍症状改善,而原有的人格障碍症状不变。

(2)PTSD:一般应激源常很强烈,差不多对所有的人都会引起痛苦体验和症状,且症状表现相对固定,常反复回忆或重现创伤体验而有别于适应性障碍。

4. 治疗

治疗目的是运用各种方法处理症状,增强病人的应付技能。由于应激源的多样以及个体对应激反应的复杂性,治疗需要个体化,要根据患者的认知偏差、情绪和行为类型选择合适的心理、药物治疗方法。

心理治疗基本原则:首先要建立良好的医患关系,对疾病的性质进行适当的解释。其次根据病人的具体情况,选择一种心理、行为治疗方法,如危机干预、认知行为治疗、冲击疗法、应付技能训练等,可强化病人的心理素质,消除症状。

药物治疗对改善病人的生活质量,缓解不适症状有效。如病人表现为失眠、心慌、烦躁不安等症状群者和严重抑郁情绪的病人,可试用抗焦虑药物,如阿普唑仑、某些抗抑郁药物,如选择性 5-羟色胺再摄取抑制剂类的氟西汀(百忧解),帕罗西汀(赛乐特)等。对表现运动兴奋、吵闹、行为紊乱者可酌情应用抗精神病药物,如氯丙嗪、奋乃静等。

(李建明　魏志霞)

第三讲

矿难发生后心理危机的
个体访谈与辅导

 **学习要点**

1. 心理危机干预中,个体访谈与辅导的步骤。
2. 救援人员对被救援者心理资料的收集和评估。
3. 矿难发生后不同时期采取不同的访谈与辅导方式。

　　矿难发生后,受到影响的不仅仅是事故发生后的幸存者,还有伤亡者的家属、亲人,他们会因为亲人的遇难、下落不明、受伤等问题打破以往的心理平衡,导致现有的应对方式紊乱,出现相应的生理、心理、行为的异常反应。同时还有参加救援的人员,由于他们目睹了矿难的惨烈场面及长时间的疲劳作业,也容易出现一些心理、行为问题,如反复出现闯入性画面,警觉性增高,伴有负性情绪等。我们相信,人有强大的自我修复能力,多数人在经历危机性事件之后,内心的创伤会慢慢地修复,逐渐恢复内心的平衡。但是也有一部分人会因此而出现急性应激反应或障碍、创伤后应激障碍及其他的生理心理症状。为避免上述问题的发生,可以采用团体辅导的方式对上述人员进行心理危机干预。但对不适合做团体辅导或个人不愿意参加团体辅导的人,个体访谈与辅导就显得非常重要。例如在四川汶川大地震后,对一些住院的伤员、不适合的人群及不愿意参与团体辅导的群众,选择个体的访谈与辅导也取得了非常显著的干预效果。

一、个体访谈与辅导的步骤

个体访谈与辅导是心理危机干预的方式之一,强调专业和技巧,而不是仅靠爱心和同情就能完成。但是如果忽略了人与人之间最真实、最本质的深层次的心灵沟通,忽略对人性的深刻理解,所有技术、技巧都显得苍白无力,也就不会出现干预效果。尽管对于不同原因引起的心理危机的干预措施不尽相同,但所有的干预策略中都贯穿了一套相对直接有效的步骤,这就是危机干预的六个步骤。这六个步骤同样适用于个体的访谈与辅导。

危机干预的六个步骤是由美国当代著名危机干预家吉利兰和詹姆斯在《危机干预策略》一书中提出来的,他们把危机干预的六个步骤整合到危机干预的全过程中,现已广泛地被危机干预工作者采用,用于帮助不同类型的被救援者。这六个步骤分别是:①确定问题;②提供安全感;③给予支持;④提出并验证可变通的应对方式;⑤制订计划;⑥得到承诺,采取积极的应对方式。前三步主要是倾听询问,了解情况、建立良好关系。后三步主要以行动工作为重点,采取一定的措施。

第一步:确定问题。心理救援者应注意从被救援者的角度,确定和理解被救援者所认识的问题,这是心理辅导成功的关键。如果救援者所认识的危机与被救援者所认识的危机不一致,那么所采取的访谈与辅导的策略就会带有很强的主观性,对被救援者而言,收效甚微或没有任何价值,甚至给被救援者带来伤害。因此在与被救援者的接触过程中,要敏锐地观察其言行举止和表情,既要注意被救援者的语言信息,也要注意其非语言信息,以便于掌握被救援者心理、情绪状态,明确要解决的问题。访谈中,还要细致地倾听,了解被救援者的内心感受和困扰;分析其自我心理调整能力,从而考虑采取何种有效的方式进行辅导,才能使访谈与辅导达到预期的效果。这个阶段主要使用倾听、共情、真诚、接纳及尊重、开放式提问等技术。

第二步:提供安全感。在访谈与辅导的过程中,保证被救援者的安全是首要目标,提供安全感就是指把被救援者对自己和对他人的生理和心理危险性降低到最小的可能性。心理救援者要帮助幸存者获得基本生活必需品,如食物、衣服、安全的环境等。同时处理他们的情绪反应,如悲哀、焦虑、麻木、伤心、愤怒、突然失控、担心灭顶之灾等。

第三步:给予支持。救援者的支持主要是心理支持,而不是支持被救援者的观点或行为。在实际工作中,评估被救援者需要什么,我们满足他们的需要就是心理支持。比如一个人非常伤心,让他把情感表达出来,你的陪伴和倾听就是支持。经历灾难的人可能有很多情感需要表达,但是在没有作好准备时,表达容易出现二次创伤,被救援者不想表达,只有陪伴也是支持。支持的目的在于帮助被救援者解决当前的情绪危机,使之恢复情绪的稳定性。救援者与被援助者沟通与交流,通过言语和非言语传递关怀、支持的信息,并使被救援者意识到救援者能够给予其关心和帮助。在个体访谈与辅导的过程中,救援者必须无条件地以积极的方式接纳被救援者。不对被救援者的观点、行为进行评价,不带有任何的偏见与歧视。让被救援者真实地感到,救援者是可靠的支持者,是在用关心的、理解的方式提供心理支持。在表达关心时,要注意表达的是非评价性关心和非侵入性关心。

第四步:提出并验证可变通的应对方式。处于在应激状态下的被救援者,其思维处于不灵活甚至是混乱的状态中,无法判断什么是最佳的选择,有些人甚至认为已经无路可走。此时救援者要帮助被救援者了解到更多的解决问题的方式和途径,帮助被救援者探索可以利用的替代解决问题的方法,促使被救援者积极地搜索可以获得的环境支持、可利用的应付方式。鼓励被救援者充分利用环境资源,采用各种积极的应对方式,最终确定解决其所遇到困难的方法。

第五步:制订计划。这一步是从第四步的逻辑直接发展而来。直接或间接的要求救援者与被救援者共同制定行动步骤来调节情绪失衡的状态。计划应该包括:①确定有另外的人、组织团体和有关机构能提供支持;②提供应付机制:被救援者现在能够采用的、积极的应付机制,确定被救援者能够理解和把握的行动步骤。根据被救援者的应付能力,计划应着重在切实可行和系统地帮助被救援者解决问题上。

计划的制订应该与被救援者合作完成,要让被救援者感觉到没有人剥夺他们的权利、独立性和自尊,让其感到这是他自己的计划,不是救援者要求其应该做什么。合作制订计划就是要发挥被救援者的控制性与自主性,让被救援者将计划付诸行动,目的是恢复他们的自信、自制力,避免对救援者形成依赖。

第六步:得到承诺,采取积极的应对方式。如果制订计划这一步完成得比较好,得到承诺就比较容易。一般情况下,让被救援者复述一下计划,然后对他说:"现在我们已经商讨了你计划要做什么,下一步将看你如何去做了。现在请给我讲一下你将采取哪些行动,减少自己的恐惧感,避免症状加重"。在这一步中,救援者应该明确,在实施计划时是否达成同意合作的协议。帮助当事人向自己承诺采取确定的、积极的行动步骤,这些行动步骤必须是当事人自己的,从现实的角度是可以完成的。如果计划制订得比较好,到承诺就比较容易。在结束访谈与辅导前,救援者应从被救援者那里得到诚实、直接和适当的承诺。以便被救援者能够坚持实施为其制订危机干预方案。

除以上六步之外,还应该启动社会支持系统。社会支持系统主要包括:被救援者的父母及其他亲人,同事及同乡,其他方面如朋友和社区志愿者等。这种支持不仅包括心理和情感的支持,也包括一些实质的救助行动。有调查表明,从他人那里获得的社会支持具有可靠同盟、价值增进、陪伴支持、情感支持、亲密感等功能，这些功能对处于危机期的人具有重要作用。

二、个体访谈与辅导的评估

对被救援者的现状进行客观、正确的评估，是访谈与辅导顺利进行的基本保证。而客观、正确的评估有赖于详细的搜集被救援者的资料。因此在访谈之前救援人员要对被救援者的基本状况有所了解，认真对待资料的搜集工作。

在访谈中，需要评估的内容包括：第一，被救援者的心理应激处于哪个阶段，因为对处于不同阶段的心理应激有着不同的干预方式。如在遇难矿工被救上来的初期，主要心理干预工作就是安抚、陪伴与倾听。所以切实做好评估是进行选择干预方式的前提。第二，访谈性的评估，看当事人是否可以或需要访谈与辅导，在当事人不需要或没准备好的情况下，不要进行闯入性访谈。因为被救援者此时不需要帮助或不想说话，如强加给他或非要让他开口说话，势必会引起反感和抵触，进而影响其自身的心理修复能力。除此之外还要对以下内容进行评估。

（一）评估矿难事件的严重程度

在与被救援者接触的早期阶段，就应迅速评价矿难对被访谈者影响的严重程度。一般从认知、情感和行为三个方面进行判断被访谈者的功能状态、矿难严重程度对被访谈者能动性的影响。矿难的严重程度的评估包括两个方面：被访谈者的主观认识和工作人员的客观判断。客观判断是基于对被访谈者三个功能方面的评价：认知（思维方式）、情感（感受和情绪反应）及精神活动（行为）。

（二）评估被救援者目前的情绪状态

要全面评估被救援者的情绪状态，就必须了解矿难事件影响的时间和影响情绪稳定程度（现在的功能水平）的各种因素。如被救援者的年龄、文化程度、家庭经济状况、婚姻状况、智力水

平、生活方式、宗教信仰、人际关系、躯体健康状况等。客观公正
地看待这些因素,有助于救援者决定被救援者是否需要转诊(进
行医学治疗或检查)、短期治疗、长期治疗或建议由特殊机构处
理等。

(三) 评估替代解决方法、应付机制、支持系统和其他资源

在评估被救援者的替代解决方法时,必须考虑被访谈者
本人的观点、能动性及应用这些方法的能力。替代的解决方
法应将各种对被访谈者有益的资源考虑在内。即使被访谈者
可能只需要一两个具体的行动步骤,但救援者应与被救援者
共同讨论列出可能的行动计划,最终由被救援者作出自己的
选择。

(四) 危机干预的分类评估量表

1992 年 Myer 和 Williams 等人提出三维筛选评估模型(the
Triage Assessment Form,TAF)和分类评估量表。三维评定系
统为危机干预中理解当事人的危机反应提供了一个框架,这个
模型对多种资源进行整合,并假定危机事件中当事人的反应主
要体现在情感、认知和行为方面:

1. 情感方面评估包括愤怒/敌对、焦虑/恐惧、沮丧/抑郁 3
项内容。情感的变化范围从轻微到极其严重,并且不适的情感
反应是个体经历危机的最大特点。

2. 认知方面评估包括侵犯、威胁和丧失 3 项内容。侵犯通
常被看做是为了减少对自我的攻击,一般发生在危机事件之初。
威胁,就是潜在的危机,即在未来可能出现的事件。丧失就是发
生在过去并且不可能挽回的一种知觉。

3. 行为方面评估包括接触、回避、无能动性 3 项内容。接
触是指在危机事件当事人主动尝试解决问题。回避是指当事人
逃避或忽视危机事件中存在的问题而采取的方法。无能动性是
指当事人丧失了能动性,或者不能保持一致的信念来化解危机。

分类评估量表由描述性项目和数量化评分项目组成。

该量表在 3 个方面进行严重程度的评定,采用 10 级评分。检查方法如下:

1. 从认知、情感和行为三方面对当事人的反应进行评定,对照认知(r)、情感(e)、行为(b)量表分别打出适当的分数(即在 1～10 数字上打圈)。

2. 将 r,e,b 量表分相加,即可评定当事人危机严重程度。

3. 依据当事人危机严重程度作出处理。

评定结果的处理:

总分＝r＋e＋b

1. 总分为 3～12 分,建议采用"非指导性干预或者不治疗",即当事人不用直接接受治疗或仅需要干预者的倾听便可解决问题。

2. 总分为 13～23 分,建议采用"合作型干预",即干预者与当事人需共同努力来解决这个问题。

3. 总分为 24～30 分,建议采用"指导性干预",即当事人很脆弱需要一定的社会支持系统,干预者需主动地与当事人合作共同解决危机问题,并采取一定的指导方法。量表分数越高,越应该直接干预。此外当 3 个领域中任何一个的严重度分数达到 10 分时,应该建议住院治疗。

危机干预的分类评估量表

一、危机事件

简要确定和描述危机的情况:＿＿＿＿＿＿＿＿＿＿＿＿＿＿＿

＿＿＿＿＿＿＿＿＿＿＿＿＿＿＿＿＿＿＿＿＿＿＿＿＿＿＿＿＿

二、情感方面

简要确定和描述目前的情感表现(如有几种情感症状存在,请用♯1、♯2、♯3 标出主次)。

愤怒、敌对:＿＿＿＿＿＿＿＿＿＿＿＿＿＿＿＿＿＿＿＿＿＿＿

＿＿＿＿＿＿＿＿＿＿＿＿＿＿＿＿＿＿＿＿＿＿＿＿＿＿＿＿＿

焦虑、恐惧:＿＿＿＿＿＿＿＿＿＿＿＿＿＿＿＿＿＿＿＿＿＿＿

＿＿＿＿＿＿＿＿＿＿＿＿＿＿＿＿＿＿＿＿＿＿＿＿＿＿＿＿＿

沮丧、忧愁：_____

_____

情感严重程度量表（e）

1	2	3	4	5	6	7	8	9	10
无损害	损害很轻		轻度损害		中度损害		显著损害		严重损害
情绪状态稳定，对日常活动情感表达透彻	情感对环境反应适当，对环境变化只有短暂的负性情感流露，不强烈，情绪稳定，求询者能自控		情感对环境反应适当，但对环境变化有较长时间的负性情感流露，求询者能意识到需要，能自我控制		情感对环境反应有脱节，常表现出负性情感，对环境变化有较强烈的情感波动。情感状态虽然比较稳定，但需要努力控制情绪		负性情感体验明显，情感与环境明显不协调，心境波动明显，求询者意识到负性情感，但不能控制		完全失控或极度悲伤

三、认知方面

如果有侵犯、威胁或丧失，则予以确定，并简要描述（如有多个认知反应存在，请用♯1、♯2、♯3标出主次）。

1. 生理、环境方面（饮食、水、安全、居处等）：

侵犯：_____ 威胁：_____ 丧失：_____

2. 心理方面（自我认识、情绪表现、认同等）：

侵犯：_____ 威胁：_____ 丧失：_____

3. 社会关系方面（家庭、朋友、同事等）：

侵犯：_____ 威胁：_____ 丧失：_____

4. 道德/精神方面（个人态度、价值观、信仰等）：

侵犯：_____ 威胁：_____ 丧失：_____

认知严重程度量表(r)

1	2	3	4	5	6	7	8	9	10
无损害	损害很轻		轻度损害		中度损害		显著损害		严重损害
注意力集中,解决问题和做决定的能力正常,当事人对危机事件的认识和感知与实际情况相符	当事人的思维集中在危机事件上,但思想能受意志控制,问题解决和作决定的能力轻微受损、对危机事件的认识和感知基本与现实相符合	注意力偶尔不集中,感到较难控制对危险的思考、解决问题和作决定的能力降低,对危机的认知和感知与现实情况所预计的某些方面有偏差		注意力时常不能集中,较多地考虑危险面,难以自拔,解决问题和作决定的能力因情感的恐怖而受支配和影响。对危险的认识和感知与现实可能有明显的距离		沉缅于对危险的思虑,解决问题和作决定的能力大大降低,对危险认识和感知可能与现实有实质性差距		除了危险外,不能集中注意力,丧失解决问题和作决定的能力,不仅对危险的认识与感知与现实明显不符,而且影响对其他事物的认识。不能逻辑思维和推理

四、行为方面

确定和简要描述目前的行为表现(如有多个认知反应存在,请用#1、#2、#3标出主次)。

接触:_____

回避:_____

无能动性:_____

行为严重程度量表(b)

1	2	3	4	5	6	7	8	9	10
无损害	损害很轻		轻度损害		中度损害		显著损害		严重损害
对危机事件的应付行为恰当,能保持必要的日常功能	偶尔有不恰当的应付行为,能保持正常必要的日常功能,但需要努力		偶尔出现不恰当的应付行为,有时有日常功能的减退,表现为效率的降低		有不恰当的行为,但没有效率,需花很大努力方能维持日常功能,与求询者接触差		应付行为明显超出对危险的反应,日常功能明显受损,求询者明显回避		行为异常,难以预料,且对自己和他人有伤害危险,求询者处于麻痹状态

三、矿难发生后不同时期的个体访谈与辅导

对处于矿难发生后的不同时期的受害者,其访谈与辅导的方式也不尽相同,一般情况下,矿难事件发生后,按心理危机发生的时间和干预者所承担的角色分为四个阶段:

第一个阶段(父母阶段):指矿难发生后的即刻至1～2天。这一阶段重要的工作是提供心理支持和陪伴。给予实际帮助,建立良好的稳定关系,让被干预者接纳自己所发生的各种情绪反应。在这个时期内,当事人受突如其来的矿难事件的影响,认知处于无序或混乱的状态,情绪不稳定,紧张、恐惧、焦虑等。此时的救援者就像父母一样,给予被救援者生理需要的满足,给予关心和保护,给他们提供安全感。不论被救援者对事件的理解和情绪反应如何,都应给予接纳与尊重。同时问清在哪里、什么时间、发生了什么事等。这样做既可以让被救援者整理那些无序的心理碎片,又可以使救援者知道自己能为被救援者做些什么。救援者充当的是照顾者的角色,主要满足被救援者最基本的生理需要,并给予情感上的支持。此时救援者可以给一些简单清晰的建议,以简短清晰的形式表述出来,让他感觉到被支持,可以提供一些实际的帮助,比如提供食物、保暖、帮助其上厕所、提供安全的地方、及时与其家人联系等。同时在这一期的后期,应清楚地告

诉他们,可能出现的问题和困难,使得症状的出现有一定的预见性,并告诉他们,我们下一次会在什么时候再来帮助他们。

遇难矿工被救上来的初期,主要的心理干预工作就是安抚与倾听。对许多人来说,及时地表达他们所经历的情感、事件是至关重要的。然而,如果被救援者选择沉默,救援者要耐心等待,不能进行闯入性的访谈;如果被救援者哭泣,救援者应尊重与接纳来访者的表现,因为哭泣的本身就有宣泄情绪的作用。

这个阶段主要使用:倾听、共情、内容反应、情感反应及建立关系等技术。

第二个阶段(心理健康工作者阶段):矿难发生的 2 天至 3 周。处于这一期的当事人,很多的症状开始出现。因此救援者在这个时期充当的是心理健康教育者的角色,向被救援者传授一些心理卫生知识,同时向他们传递正性积极的信息,使他们对自己的现状有一个正确的认识。在工作中,要让被救援者知道矿难发生后出现的一些心理生理症状是正常的,也就是说,告诉他们这些症状是正常人对异常环境作出的正常反应。以减轻他们的恐惧感;教给被救援者一些有用的应对策略,比如找人倾诉、给害怕的危险设定一些边界(当时工作是危险的,现在是安全的)、逐步增加行动计划、寻求社会支持、做些力所能及的事情转移注意力、放松训练等。这个阶段主要的工作是在良好关系的基础上实施稳定化技术,消除不良心身症状,疏泄不良情绪,理性接受现实。

这个阶段主要使用:放松训练、负性情绪处理技术、稳定化技术及图片——负性情绪打包处理技术等。

第三个阶段(心理治疗师阶段):指矿难发生的 3 周后至 2 个月。如果被救援者经历了上述时期的心理修复后,仍有一些心理、情绪问题,并且严重地影响了当事人的社会功能,就要接受心理治疗。此时救援者充当的是心理治疗师的角色,采用各种心理治疗技术,帮助他们解决问题,治疗心理创伤,适应有创伤的生活。心理治疗过程中,每个人心理修复的速度不尽相同,所以要动态观察其干预效果。

这个阶段的主要工作是使被干预者从灾难事件中发现积极意义。通过灾难性事件实现其个人的心理成长。处理某些个体出现的创伤后应激障碍的反应。

主要使用的技术是：眼动脱敏再加工（EMDR）、心理动力学治疗及认知行为治疗等。

第四个阶段：指矿难发生 1～2 个月后。意味着与被救援者谈论关于人生意义的问题，安抚受伤的心灵。但仍要对症状进行一些评定。关注其生活的重建，将创伤性事件放到生活中去看待，寻找其对生活的意义。

上述四个时期的划分非常重要，关系到干预措施的选择，进而影响干预效果。如果不知道这个分期，就不知道自己该做些什么，或者对处于不同状态下的被救援者采用千篇一律干预方式。这样做可能会出现适得其反的效果，所以要将上述分期牢记心中。

有效的危机干预可以帮助人们重获安全感，缓解由危机引发的各种负性情绪，学习到有效应对危机的策略，增进心理健康。与传统心理咨询不同，心理危机干预有着特殊的工作方式，需要使用立即、灵活、方便、短期、创造性的干预策略，同时需要救援者主动地去帮助那些需要帮助的人，协助他们渡过危机。

四、专业技术与操作

心理救援者在实施心理救援的时候，尽管在目标、被救援者状况、操作形式等方面和心理咨询与治疗有所不同，但所采用的专业技术方面是相似的，心理咨询与治疗中所采用的一些基本技术同样适用于心理危机干预，如建立安全的沟通关系、倾听、共情、尊重与温暖、情感表达等。

（一）建立安全的沟通关系

在讨论建立安全的沟通关系之前，先要说明一下涉及被救援者的实际安全问题，也就是与生存的安全及亲人们的安全状况。如果这方面的安全感没有建立起来,危机干预的安全关系就很难建立起来。所以在实施心理危机干预前,首先帮助被救援者恢复安全感。例如当被困矿工获救时,及时地给他们提供食品、衣物,帮助他们通过各种渠道了解亲人的信息,提供联络方式使他们与亲人通话,亲人的声音和问候能起到安抚心灵的作用,以便使他们尽快地平静下来。

要建立安全有效的沟通关系,就要向被救援者传递一种自信和镇定的感觉,使被救援者相信救援者有能力帮助自己,救援者的自信与镇定在心理危机干预中具有非常重要的作用。因为救援者的自信与镇定除了让被救援者感到有力量外,还向其传递了:"灾难已经过去,你现在安全了,我能帮助你"等信息,这会给被救援者带来正性的、积极的影响,被救援者也会变得平静。因此救援者的自信与镇定不止是技术层面的问题,在一定程度上也反映了个人素养和良好的人格品质。危机干预工作者在平时就要加强基本功的练习,不断完善人格,提高个人内在的素质。

安全感的建立要贯穿始终,要不断地给被救援者提供信息回馈,因为他们受矿难事件的冲击和影响,在某种程度上出现了退行,导致获得常识或相关信息的能力减退或丧失,所以要耐心地帮助他们获得必要的信息。但是要注意,不做空头保证,以免让被救援者失望,带来更多的负面影响。

安全感的建立需要一个安静、独立、不受打扰的环境;所以在进行个体访谈与辅导时,尽量不要让其他人旁听,最大限度地给被救援者提供安全的环境。

(二) 倾听

倾听是指救援者通过自己的语言和非语言行为向被救援者传达一个信息,如"我正在很有兴趣地听着你的叙述,我表示理解和接纳。"倾听包括身体传达的专注,以及内心的专注。

倾听并非仅仅是用耳朵听,更重要的要用眼睛、用心灵去观察、去感受、去听。用耳朵去听来访者谈话内容和方式,不仅要听他说什么,还要听他怎么说,听出谈话内容的潜在含义。用眼睛观察被救援者的表情、姿态及言行举止的变化,发现与之相联系的心理活动,用心灵去设身处地地感受被救援者的情感活动。

善于倾听,不仅在于听,还在于要有参与,有适当的反应。反应既可以是言语性的,也可以是非言语性的。比如用"嗯"、"是的"、"然后呢"、"请继续"等言语来鼓励被救援者继续说下去,或者用微笑、眼睛的关注、身体的前倾、点头等表示自己在认真地倾听。

倾听更重要的是理解求助者所传达的内容和情感,不排斥、不歧视,把自己放在求助者的位置上来思考,鼓励其宣泄,帮助其澄清自己的想法。

倾听的禁忌:

1. 急于下结论　对被救援者的问题还没有了解清楚就急着下结论,除了导致结论与事实不符之外,还容易导致被救援者对来自救援者的信任、关怀和理解产生怀疑。

2. 轻视被救援者的问题　认为对方是大惊小怪、无事生非,有轻视、不耐烦的态度。

3. 干扰、转移被救援者的话题　不时打断被救援者的叙述而转移话题,使求助者无所适从。

4. 作道德或正确性的评判　按照自己的想法或习惯,对被救援者的言行举止和价值观念发表评论。

5. 心不在焉　一边倾听,一边还接打电话、不时地看表。这样就会使整个会谈失去连续性和投入性。

(三) 共情

共情是指体验别人内心世界的能力。作为救援者要站在被救援者的角度去理解他的内心感受和体验,通过语言把对被救援者理解的信息传达给他,使被救援者感受到被理解及情感上获得支持。心理危机干预过程中,要准确地表达共情,应注意以下几点:

1. 放下自己的主观参照标准,从被救援者的内心参照体系出发,设身处地地体验被救援者的内心世界。

2. 通过语言准确地表达对被救援者内心体验的理解。

3. 也可以借助非言语行为,如目光、表情、姿势等变化,表达对被救援者的理解。

4. 表达共情要适时、适度、因人而异。

5. 重视信息反馈,及时了解共情的准确性。

(四) 尊重与温暖

尊重是指救援者对被救援者无条件的接纳、关注与爱护,尊重就是对被救援者的现状,包括价值观、情绪反应、人格特点和行为方式等予以接受。尊重是一种"非占有式"的关怀,被救援者被视为有价值的人,因而受到尊重;救援者的态度是非批判性的,是对被救援者没有保留的关怀,而不是嘲笑、贬低。

尊重是建立良好安全关系的重要条件,是有效助人的基础。可以给被救援者创造一个安全、温暖的氛围,从而最大限度地表达自己。可使被救援者感到自己受尊重,被接纳,获得一种自我价值感。

温暖是救援者真情实感的流露,只有对人充满爱心,对被救援者充满关切,视帮助人为自己崇高职责的救援者才能最大限度地表达出对被救援者的温暖和热情。温暖是救援者对被救援者的主观态度的体现,不是能以语言来表达的,不是一种技能,而是存在于救援者心中,有待于救援者自己去开发它为被救援者创造出一个有利于心理创伤修复的安全环境。

(五) 情感表达

经历了矿难事件,一部分人的外部情感是扭曲的,因此在对这些人进行心理访谈与辅导时,一个重要的内容就是促进当事人的情感表达,帮助其浮现内在的真实情感,适度宣泄负性情感,这样有利于被救援者的心理整合和情绪的稳定。有的被救援者在危机发生后不停地表达闯入性画面、描述经历的场景,表面看来,似乎有很好的表达,但此时他们好像是在叙述一个与自己不相关的故事,而没有融入自己的情感。此时他的真实情感被隔离或被扭曲了,这种只有言语的表达并不能起到情感宣泄的作用。

当然在某些时期,被救援者不想表达或不急于表达情感;还有些被救援者表现得比较沉默或谈论一些与情感活动根本不相干的话题,他们此时需要回避情感来暂时地维系心理平衡。如果强行让其谈论情感,可能会唤起被救援者的焦虑和阻抗,使双方的关系紧张,甚至给被救援者带来二次创伤,所以要尊重他们是否进行情感的真实表达。

被救援者良好情感的表达,离不开安全稳定的关系作支撑,同时准确的共情和积极地倾听也是必不可少的条件。所以在个体访谈与辅导的过程中,要充分运用专业的干预技术,同时更不能忽视对人性的理解,只有在这种状态下,被救援者才能是真实的。

附:个体访谈与辅导中禁忌的语言

1."我知道你的感觉是什么"

2."你能活下来就是幸运的了"

3."你还年轻,能够继续你的生活"

4."你爱的人在死的时候并没有受太多痛苦"

5."她/他现在去了一个更好的地方/更快乐了"

6."你会走出来的"

7."不会有事的,所有的事都不会有问题的"

8."你不应该有这种感觉"

9."时间是治疗一切的创伤"

10."你应该回到你的生活中,继续过下去"

案例:

张某,女,41岁,工人,已婚。3天前的早上,她骑电动自行车去上班,在行驶到一个十字路口中央时,被一辆极速行驶的闯红灯的大货车撞到了路旁,正当她坐在地上在惶恐中不知所措时,大货车司机走了过来,对她大吼大骂,责怪她说:"你是不是不想活了?"此时她感到更加的无助、恐惧,心里想:"怎么没有人救我、帮我,我是不是要死了?"

很快,她被前来急救的救护车送到医院治疗。经检查她除了腿部有一点擦破皮外,其他部位没有任何损伤。但她情绪极度不稳定,不时地哭闹、恐惧,在综合医院无法处理的情况下,转入精神科门诊治疗。

与她交流时,她说:"当时自己被吓蒙了,不知道自己和电动车一起怎么会从马路中央回到自己刚走过的路边,坐在地上起不来,真希望老公能接自己回家。"讲到这里,突然大哭了起来,称:"自己不能控制情绪,总是想哭,脑子里反复出现货车司机大骂时愤怒的面孔、大货车朝自己驶来的刹那。"接着她又说:"很多人都劝我,说我已经很幸运了,被大货车撞飞了,还没有受伤,等于是捡了条命,应该高兴才是。我也知道这些道理,可是就是控制不住情绪。"

救援者认真倾听她的叙述,并通过语言和非语言信息鼓励她继续表达,救援者把对她理解的信息及时地传递给她,使之感到被理解和被接纳。比如当她讲到货车司机对着她大骂时,救援者说:"被大货车撞倒已经吓着你了,这时非常需要有人安慰和保护你,而这个司机又来指责你,使你更加感到孤立无援和害怕,这样的事不管是谁经历了都会有你这样的感觉。"

她说:"大夫,当时我真的都要被吓死了,现在想起来仍然非常害怕,脑子里就像放电影一样,不停地出现那些让我害怕的画面。听你这样说,我的心里平静了一些,有没有什么好办法让我别想这些呢?"

访谈中,救援者先引导其表达情感。在救援者的积极倾听及共情中,她很快流露出负性情绪,一谈到自己被大货车撞倒就开始哭泣,因闯入性回忆明显且伴有紧张、恐惧不安等负性情绪,故在干预中主要采用负性情绪处理技术。

具体做法是:首先让她充分放松,当确认其完全放松时,请她回忆反复出现在脑海中的恐怖画面,当观察到其情绪出现波动时,引导她慢慢地放松下来,进入到放松状态。然后救援者用言语描述给她呈现一幅温暖的画面,让她进行想象。救援者给她呈现了一幅翠绿的山上,树木郁郁葱葱,小鸟在欢唱;山脚下小河流水、鱼儿畅游、孩子们在水边玩耍、嬉笑的温馨画面。重复多次讲述这个画面，慢慢地她平静了下来。救援者接着说道："记住这个温暖、温馨、愉快的画面，它会让你感到安全、平静和快乐，任何时候想起这个场景，你都会感到温馨、平和。"

治疗结束后她的第一句话就是："我现在不害怕了，感觉到你这个房间是那么的安静，刚进来时的恐惧感没有了。"接着她又说道："你刚才说的那个画面就是我前几天刚去过的，前几天带着女儿去公园玩，就是这样的一幅场景，那时我和女儿非常开心地玩着，小河里的鱼儿在欢快的游着，看到这些我开心极了。现在我的脑子里都是刚才你说的那个场景，不再感觉害怕了"。此时她的身体放松，面目表情中的惊恐现象消失了。

一周后电话回访，目前她状态良好，睡眠、饮食恢复正常，准备再过几天就去上班了。

这是一个处于心理健康教育阶段的案例，主要采用了心理健康教育和负性情绪处理技术，成功地消除了闪回症状及由此引发的情绪问题。步骤包括：搜集资料，评估被救援者所处的危机干预时期，并据此确定采用哪种干预措施；访谈中，引导其释放负性情绪；运用放松技术以平复情绪，稳定心态；介绍危机事件发生时，出现上述反应是正常的，使之不再对出现的症状恐惧；用温暖画面的植入处理其闯入性的恐怖画面及由此引发的负性情绪。在此强调一点，就是在植入温暖画面时，要用正性、积极的语言反复强化，同时还要不断地引导被救援者放松，使之一直处于比较好的放松状态，只有这样才能达到理想的干预效果。

以上技术操作在心理急救中，对于消除闯入性画面以及与之黏合的负性情绪效果显著，这一点在很多的心理危机干预中得以验证。闯入性恐怖画面及由此引发的负性情绪给受害者带来不利影响，如果不及时消除，不但对当前的生活有影响，还可能为创伤后应激障碍埋下祸根，所以要及时消除。

（程淑英　晏丽娟）

第四讲

对矿难后影响人群的团体心理辅导

学习要点

1. 团体心理辅导的概念。
2. 紧急事件晤谈的实施过程。

团体心理辅导是从英文 Group Counseling 翻译过来的。在我国,团体辅导、团体咨询、小组辅导、集体咨询的含义是相同的。团体心理辅导是在团体情境下为成员提供心理帮助与指导的一种形式,即以团体为对象,运用心理学的策略或方法,促使个体在人际互动中观察、学习、体验,从中认识自我、探讨自我、接纳自我,调整和改善与他人的关系,学习新的态度与行为方式,发展良好的适应的助人过程。

在矿难事件的心理危机干预中,个体的访谈和辅导与团体心理辅导并不互相排斥,而是相辅相成,根本目的是一致的,都是为了帮助被救援者渡过心理难关,预防创伤后应激障碍及其他心身疾病的发生。但是两者各有特点、各有其适用范围,团体心理辅导是通过团体活动协助参加者发挥个人潜能,学习解决问题及克服情绪、行为上的困难。而且,团体辅导可以有效地利用有限的心理危机干预的资源,提供相互学习、相互了解的机会。同时团

47

体成员又可以在团体中获得心理支持,预防心理问题的发生。

一、心理危机干预中的团体心理辅导

在心理危机干预中,最常用到的团体心理辅导的方法是紧急事件晤谈(critical incident stress debriefing,CISD)。这个方法是由 Mitchell 于 20 世纪 80 年代提出来的。作为一种早期心理危机干预技术,是用来缓解消防队员、警察、急诊医疗工作人员和其他处于危机事件中(即创伤事件)人员的应激反应。CISD 旨在通过减轻应激的急性症状来减轻创伤事件导致的不良后果,从而避免或减轻继发性心理问题的风险。目前 CISD 已被广泛地应用于心理危机干预中。

CISD 的目标:公开讨论内心感受,支持与安慰,资源动员,帮助当事人在心理上消化创伤体验。

CISD 的实施者:由受过训练的专业人员(如心理卫生工作者、精神卫生专业人员)实施;实施者必须要有团体心理辅导的经验,同时对应激反应综合征有广泛的了解。

CISD 的时限:通常在伤害事件发生 24～48 小时内实施,24～48 小时是理想的干预时间,在灾难事件发生 24 小时内不进行 CISD,6 周后效果甚微,根据参加人员的数量,整个过程大约需要 2～3 小时。

(一) 参与人数

8～12 人为宜。紧急事件晤谈的实施过程。

(二) CISD 的实施过程

第一期:介绍期。实施者进行自我介绍,介绍 CISD 的规则、程序及整个晤谈过程所需的时间,回答可能的相关问题。强调晤谈不是心理治疗,而是一种减少创伤性事件所致的正常应激反应的方法。详细解释保密原则。

第二期:事实期。实施者请每一位参加者依次描述事件发生时或发生之后他们自己及事件本身的一些实际情况;询问参加者在这些严重事件过程中的所在、所闻、所见和所为。目的是帮助每个人从自身的角度描述事件,每个人都有机会增加事件的细节,使事件得以完整地重现,然后参加者会感到整个事件由此而真相大白。实施者在操作过程中,要想办法打消参加者的疑虑,使每一位参加者都尽量发言,但是如果有的成员感觉在小组里讲话不舒服,也可以保持沉默。

第三期:感受期。实施者请参加者依次描述其对事件的认知反应、自己的应激反应综合征症状。询问有关危机事件发生时或发生后的感受、有何不寻常的体验,目前有何不寻常体验,事件发生后,生活有何改变,请参加者讨论其体验对家庭、工作和生活造成什么影响和改变。这一时期工作的目的是进一步接近情感的表达。

第四期:症状期。请参加者描述自己的急性应激反应的症状,如失眠、食欲不振、脑子不停地闪现事件的影子,注意力不集中,记忆力下降,决策和解决问题的能力减退,易发脾气,易受惊吓等;询问事件过程中参加者有何不寻常的体验,目前有何不寻常体验,事件发生后,生活有何改变,请参加者讨论其体验对家庭、工作和生活造成什么影响和改变。

第五期:辅导期。介绍正常的反应,实施者尽力说明成员经历的应激反应是正常的,不是病理症状。提供准确的信息,讲解应激反应模式;应激反应的常态化。同时提供应激管理技巧,强调适应能力;讨论积极的适应与应付方式,动员自身和团队的资源相互支持;提供有关进一步服务的信息;提醒可能的并存问题(如饮酒);给出减轻应激的策略;自我识别症状。

第六期:恢复期。澄清不正确的观念;总结晤谈过程;回答问题;提供保证;讨论行动计划;重申共同反应;强调小组成员的相互支持;可利用的资源;实施者总结整个晤谈过程,同时评估哪些人需要随访或转介到其他服务机构。

整个过程需2～3小时。严重事件后数周内进行随访。

CISD的注意事项:

1.处于抑郁状态的人或以消极方式看待晤谈的人,可能会给其他参加者增加负面影响。

2. 建议晤谈与特定的文化性相一致,有时文化仪式可以替代晤谈(如哀悼仪式)。

3. 对于急性悲伤的人,如家中有亲人去世者,不适宜参加CISD,因为他们的情绪还处于极度悲伤中,晤谈可能会干扰其认知过程,引发精神错乱。如果参加晤谈,可能会给同一晤谈中的其他人带来灾难性的创伤。

4. 世界卫生组织不支持只在受害者中单次实施。

5. 受害者晤谈结束以后,危机干预团队要组织其成员进行团队晤谈,以缓解干预人员的压力。

6. 不要强迫被干预者叙述灾难细节。

案例:

本案例是为社会某一团体成员意外死亡而进行的团体心理辅导。

晤谈对象:晤谈共 8 人,均是逝者领导下的团体成员,其中男 2 人,女 6 人。

背景:两天前,某一社会团体的领导者外出旅游时意外死亡。去世者是社会某一自发组织的领导者,带领其小组成员做一些公益助人的工作。他与团体成员的关系非常好,大家有困难或有疑惑都会找他帮忙,他从不拒绝,热心地帮助组织中的每一位成员。有时他看到哪位成员有困难还会主动地帮助,以致有的组织成员对他很依赖。所以当听到领导者意外死亡的消息时,内心受到巨大冲击,不能接受这一事实,不相信这是真的;后来成员们陷入了深深的悲痛中,出现了不同程度的失眠,食欲下降,还有的人出现走路时感觉去世者叫自己的名字等现象。

晤谈地点:某一心理咨询机构的团体心理辅导室。

二、CISD 的实施过程

(一) 介绍期

首先干预者向团体成员进行自我介绍,然后介绍 CISD 的规则、程序、所用时间及此次晤谈的目的,详细解释保密原则。同时告诉他们,在晤谈的过程中,谈不谈、谈什么内容、谈多少完全自愿,不想谈时可以不谈。一个人说话时其他人要注意听,尊重每位说话的人、营造一个温馨、安全的晤谈气氛。当确定每位成员对如何进行晤谈没有异议时,请每位成员进行自我介绍,随之进入到下一个时期。

(二) 事实期

让团体成员自由谈论自己是怎么知道领导者死亡这一消息和知道这一消息后的所见、所闻、所在和所为。干预者在这个时期的主要任务是引导和倾听,引导每位成员发言,但对不想说的人不勉强。目的是让小组成员在一个相对安全的支持性环境中公开表达自己所经历的事情,用这种方式整理每个人知道这件事的整个过程,让成员彼此验证、确认领导者已经去世的事实。为下一步成员能够表达自己在面对领导者离去时的情感奠定基础。在这个过程中,干预者要关注不想发言和比较沉默的成员,针对这一情况,要进一步强调保密原则,使之增加对团体的信任,再引导其发言。但对还是不想说的成员不能勉强,更不能批评指责。

(三) 感受期

在完成前两期的任务后,干预者开始引导成员表达在得知领导者去世时和之后的感受。由于逝者是在旅游时突然意外死亡,给团体成员带来的心理冲击非常巨大,使这一阶段的晤谈遇到了阻力;部分成员开始沉默,还有部分成员已经泣不成声。干预者及时地表达对小组成员的理解,与他们共情。这时一位成员说:"我感觉好像天塌了,大树倒了,我们的工作刚进行了一半,也没有办法再做下去了(哭)……"。大约过了 2 分钟,大家开始边哭边谈论自己的感受。但是仍有一位女士不停地哭泣且一言不发,有的成员对这位女士表现出不满,说道:"我们也难过,但是我们说出了自己的感受,他平时对你那么好,你怎么一句话都不说呢?"这位女士显然不高兴了,说:"我和你们的感受都不一样,就是不想说,别逼我。"此时干预者对大家说:"她虽然没有用语言说出自己的感受,但是我们看到了她一直在哭,表明她内心很难过,处于悲痛当中。也许现在她还没准备好把内心的痛苦说出来,也许还需要我们的支持,所以我们尊重她的选择"。过了一会儿,这位女士终于开口说话:"我也很想说出来,但不好意思说,怕大家笑话我,想想还是说出来心里才能轻松"。她接着说道:"尽管我已经有男朋友了,但是在我心中,他才是我真正的情人,我崇拜他,敬仰他,以前凡事都要征求他的意见,就连找男朋友都征得他的同意。他是我一生中遇到的最关心我、最体贴我的人,他就这样突然离开了,我接受不了,感觉被抛弃了,我的世界变空了,没有了支撑,感觉活不下去了……"说到这里,她又开始哭泣,这时的小组成员已经知道了她不愿意谈的原因,大家纷纷地给她支持,她平静了下来,说:"我想我会慢慢地接受这一事实,毕竟他希望我过得开心快乐。"

这一时期,小组成员的情绪变化比较大,实施者要敏锐地观察小组成员的关系,及时处理由于情绪失控引发的各种问题。在成员没有准备好时,允许保持沉默。充分发挥小组成员的力量为其他成员提供心理支持。在成员们进行了充分的情绪宣泄和表达后,进入下一个阶段。

(四) 症状描述期

这一阶段,干预者引导小组成员重点谈论自己在听到这个噩耗后的生理心理症状,如睡眠问题、饮食问题,工作状态、注意力、记忆力和情绪问题等。除此之外,也请组员们谈了听到这一消息后出现的不寻常体验,如有的成员就谈到:"走路时听到逝者叫自己的名字,回头看时,根本没有人";还有的人谈到:"在马路上把其他人误看成是逝者"等,以上这些体验对他们的工作和生活造成了影响。

这一阶段的主要工作是使小组成员能够将自己的变化与所遭遇的创伤性事件进行联系,不断修复组员认知、情感与行为之间的联系,修复组员由领导者意外死亡带来的心理创伤,使他们能够接受领导者已经去世的事实。小组成员还讨论了外出活动时怎样规避危险,怎样做一个负责任的人等问题。

(五) 辅导期

实施者针对在上述晤谈中发现的问题给予指导。首先请成员谈论参加这次晤谈的体会,从而获得一些反馈信息,对本次晤谈的效果有一个把握。所有成员都表达了对这种晤谈方式的肯定,最后从情感层面肯定了他们所谈到的所有感受,都是在得知领导者意外死亡的消息后产生的正常反应;从认知层面上他们也能接受"听到"这位领导者叫自己和"看错人"的现象,能将此看成是受到心理创伤的一种正常反应。成员们就平时接触中对这位领导者不知疲倦的工作态度进行了讨论,一致认为要珍爱生命,为自己负责,也要为家人、周围人负责。

(六) 恢复期

经历了上述 5 个阶段,小组成员的情绪逐渐平静下来,并且也能正确认识自己及他人的反应,内心也有了成长。此时实施者对整个晤谈过程进行了总结,回答了组员们提出的问题,与他们讨论了进一步的行动计划,他们说找个时间大家一起举行一个与逝者的告别仪式,以表达自己内心的哀伤,同时也意味着他们的公益助人活动要揭开新的一页。最后每个人说一句共勉的话,结束本次 CISD。

这个案例尽管不是关于矿难发生后的团体辅导案例,但有与之一定的相似性。从这个案例中可以看出,小组成员对这位领导者充满爱意和依赖,他的突然意外死亡,给小组成员带来巨大的心理冲击和创伤,他们的认知、情绪和行为都受到了很大的影响。因此及时有效的心理干预是避免急性应激障碍、创伤后应激障碍及其他心理问题的有效手段。本案例在 1 个月及 6 个月后的随访中发现,成员的情绪稳定,工作状态如常,没有出现任何心理问题。

(程淑英)

第五讲

对丧亲者的心理危机干预

学习要点

1. 矿难后丧亲者常见的反应。
2. 丧亲者复原的基本过程。
3. 常用的丧亲者心理干预的措施。
4. 居丧者常用的自我调整方法。

　　生命是宝贵的,但也是脆弱的,人的生命会因灾难轻而易举地毁于瞬间,然而逝者去了,留给生者的却是深深的悲痛、哀伤和无尽的思念,是心中永久难以抹去的创痛。那么,应该如何帮助丧亲者抚平创痛是每一位心理工作者应该考虑的问题。

一、矿难后丧亲者的反应

(一) 丧亲者常见的反应阶段及反应表现

　　猜测甚至听到自己的亲人遇险,大多数人的第一反应是否定(不可能),并且拒绝接受已发生的事实;或者在震惊之余仍感觉难以置信,希望那不过是误传而已,是一场醒来就消失的噩梦。一旦丧亲的事实被证实后,人们的心里通常是无法承载这突如其来的现实,巨大的悲伤感压倒一切,不由自主地沉浸在悲痛欲绝的情绪之中。丧亲者三个阶段的哀伤反应见表5-1。

表 5-1 丧亲者三个阶段的哀伤反应

	第一阶段 震惊与逃避期 （数小时至数周，甚至数月）	第二阶段 面对与瓦解期 （数月至两年）	第三阶段 接纳与重建期 （数月、数年，甚至一生）
生理 反应	麻木、呼吸急促、心慌、肌肉紧张、多汗、口干、失眠、对声音敏感	疲倦、无力、头痛等躯体不适，失眠，体重减轻，幻视或幻听	饮食、睡眠逐渐恢复如常，躯体不适减轻
认知 反应	否认、怀疑、无法接受、反应迟钝、难以做决定	注意力不集中、易忘、考虑问题缺乏条理、思念、反复回忆有关逝者的往事、自我否定、自杀念头	注意力转移至外部世界、恢复自信、态度逐渐积极、接纳生活中的改变、怀念过去的美好时光、获得对未来的希望
情绪 反应	失去体验情感的能力、麻木	悲伤、绝望、内疚、抑郁、失落、孤单、愤怒、担心、恐惧、轻松、愉悦	负性情绪逐渐减轻、情绪恢复平稳
行为 反应	失控、发呆	模仿逝者的生活习惯、寻找逝者身影、自言自语、与逝者对话	积极工作、建立新的社交关系、计划未来、可能延续逝者的梦想
社会 功能	无法正常生活与工作，也可能与以前无异	社会退缩	正常生活、工作

（二）丧亲者复杂性哀伤的表现

1. 过度否认

（1）对逝者怀有强烈的内疚、自责并拒绝接受逝者已死的事实。

（2）强烈感到逝者仍然存在，不合理地长期保存遗体或遗物。

2. 持续、长期的哀伤

（1）经过一段相当长的时间，依然对失去亲人产生强烈且无法消退的反应。

（2）久久不能恢复正常的社交或工作能力。

3. 延迟、压抑、夸大的哀伤

（1）丧亲之时并未有适当的悲伤反应，但在之后却引发出夸大或超出预料程度的情绪反应。

（2）可能会引发身心症状（如背痛、胸痛、胃肠疾病、皮肤敏感等）。

（3）症状符合精神疾病的诊断（如抑郁症、创伤后应激障碍、焦虑障碍、哀伤引发的短暂性精神障碍、饮食障碍等）。

（4）症状持续，直至哀伤得到某种程度的缓解。

4. 伪装的哀伤

（1）高涨的情绪、过度活跃的行为、冲动控制问题（如冲动的决定、药物滥用、违法行为、不理智的投资、愤怒及暴力行为、躁狂的表现等）。

（2）可能发展出与逝者死前病症相似的生理症状。

二、丧亲者处理哀伤或哀悼的过程

丧失亲人带给生者心灵上巨大的伤痛，哀伤是人们应对突发事件、受到强烈刺激的正常心理及生理反应。哀伤本身并不可怕，感受哀伤，接受哀伤，有助于走出丧失亲人后所处的情境。当一个人因为痛苦不接受现实，内心不自觉地去抵抗悲伤，悲伤反而会更长久地困扰着你，甚至被巨大的悲伤之情所击垮。美国心理学者史坦丝说："悲伤如果久久不减轻，其原因之一很可能就是因为我们忽略了它的存在。"而当一个人不拒绝、不回避自己的真实感觉时，复原也就开始了。

关于哀悼过程，国内外存在两种学说。第一种：一些学者认为,哀悼过程分为三个阶段和六个步骤,具体见表5-2。

表5-2　丧亲者处理哀伤或哀悼的三个阶段和六个步骤

三个阶段	六个步骤
回避阶段	1. 承认丧失　承认死亡事实,了解死亡原因
面对阶段	2. 对分离的反应　体验痛苦,经历、识别、接受并通过某种方式将丧失导致的所有心理反应表达出来,识别出继发性丧失并进行哀悼 3. 回忆逝者,重新体验与逝者的关系　会以实际发生的事情,回顾并重新体验内心的感受 　a. 你是怎么知道这件事的 　b. 你当时的感受是什么 　c. 你现在的感觉如何 　d. 你做了些什么 　e. 你是怎样表达你的感受的 　f. 他/她的离去给你带来哪些启示
适应阶段	4. 停止对逝者生前以及对自己原来假想的眷恋 5. 重新调整,保留对过去环境记忆的同时,适应新的外界环境 　a. 修正自己对外界的一些假想 　b. 与逝者建立一个新的关系 　c. 使用新方法融入外界环境 　d. 转换自己的身份 6. 尝试新生活　将情感能量放在令自己愉快的人、物、信念或活动上面,从新的尝试当中获取满足感

第二种学说:有学者认为,哀悼过程有以下四个阶段:

第一个阶段:接受失去亲人的事实。不少人接受不了这个事实,发现自己常常会产生去追寻逝去亲人的欲望,常常想到要去什么地方寻找失去的亲人;有些人总有一种感觉,亲人出差去了,或是到远处求学去了,从心理上和感情上都不肯承认亲人已死亡的事实;也有人把自己引进了另外一条死胡同,比如会对自己说，"他以前并不是个好父亲"，"我们以前并不那么亲近"，"我并不真的想他"，"这孩子活着也早晚是个祸害"。还有的不肯承认失去亲人的不可逆转性，仍希望死者会回来等。这些情绪将使失去亲人者在悲伤过程的第一关就停滞了。接受失去亲人的事实需要时间，因为它不仅是理性上的感受，更是情感上的感受，失去亲人后，在理智上比较容易承认这个现实，但却需要经过相当长的一段时间才能在情感上完全接受。

第二个阶段：经历悲伤的痛苦。这痛苦不仅是情绪上的，也包含生理和行为上的痛苦。虽然每个人因年龄、性别以及和逝者的"依附"程度不同，感受痛苦的程度和方式各有不同，但失去自己曾深深爱着的亲人，完全没有痛苦是不可能的。有些人试图用某种方法逃避痛苦，比如只想逝者好的一面，以免除不舒服的感受；有的把自己深深地投入到工作中，使自己没有时间去痛苦；也有人借饮酒、吃药或者到处旅行来逃避悲伤的情绪。事实上悲伤是无法避免的，逃避比正视的危害更大。那些试图逃避悲伤的人精神上容易崩溃，最常见的是患抑郁症，也有一些会患更严重的精神疾病。心理辅导可以帮助人们学会正视现实，以免一生都背负这种痛苦。

第三个阶段：学会适应逝去的亲人已经不存在的新环境，扮演一个以前所不习惯的新角色，并发展以前不具备的一些生活技巧，从而迈向经过自己重新评估的世界。如果不能认识到环境已经改变，不能重新界定生命的目标，就容易长期陷入痛苦中不能自拔，对健康是极其不利的。

哀悼的最后阶段是将情绪的活力重新投在其他人际关系上。就如弗洛伊德所说，哀悼需要完成一项特定的心理任务："让生者不再将希望与回忆依附在死者身上。"只有在日常的生活中，哀悼者不再总是强烈要求恢复逝者的形象，哀悼才会结束。就如一位丧子的母亲所写道："直到最近，我才注意到生活中有些事物仍为我开放，让我快乐。我知道，我的一生都会为我的孩子哀悼,我会在对他的爱的回忆中永远活着,生活会继续下去,不管喜欢与否,我必须健康地活下去。"

不论哪种观点,国内外学者均认为丧亲者在哀悼过程中依据实际情况都要做好以下几个方面:

第一,接受事实和痛苦中的自己。在复原的初期,人们可能会觉得自己被痛苦紧紧地包围着,心中是"昏天黑地,没有着落"。没有谁能理解自己的感受,也没有谁能帮助支撑自己的精神,总而言之,此时好像"一切都垮了"。这时人们能做的是不否认,不遮盖,既然悲伤来临,就让自己与其共处。悲伤是复原的必经之路,除了面对它,别无选择。

第二,倾诉。找身边的亲属、友人来分担自己的悲伤是必要的,也是必需的。尽管以往在他们心中的形象是坚强的,或者是长辈,家人的主心骨。但是此时心灵正在遭受重大创伤,有理由接受他人的安慰和呵护。悲痛的时候,倾诉是宣泄不良情绪的最好办法。宣泄出"痛苦因子",使身体免受其害。作为聆听者,要认真对待丧亲者所面临的重大失落,给予其尽可能多的帮助或资助。在这个时候,强有力的社会支持能够帮助伤痛者,使他们看到希望,提高生活的勇气,加速复原的进程。

第三,适当的体育活动。处于悲伤中的人无心做事,不愿接触外界。此时的封闭状态十分不利于其走出悲伤。在遭遇严重失落时,人们出于良好的意愿,往往希望悲伤者停下手中的事情,专门利用一段时间来调养心情。然而正确的做法却应该是只可短期地休整,不能在较长的一段时间内无事可做。因为忧伤的表现是长期沮丧,而沮丧又可造成悲伤而挥之不去;只有活动起来才能发现自己在这个世界依旧有所期待,生活的意义可鼓励其振作起来。为此丧亲者需要活动,甚至可以工作。一旦心有所属,情有所系,复原的希望就指日可待了。

第四,求助于专业人员的帮助。悲伤的丧亲者特别需要他人的理解和抚慰,需要找到善解人意的人来作为倾听者,而专业的心理咨询人员恰恰符合这个要求。在咨询的过程中，心理咨询员会给予充分的理解和帮助，使丧亲者学会接受丧失，并且会重新解释和评价恶性事件，寻找复原的方法。心理学者史坦丝说过："受过良好训练的心理咨询者不是在审判人的情感，而是接受你以及帮助你去接受你自己。"

第五，渡过特殊的日子。所谓"特殊"是指逝者的生日、忌日及清明节等易于引发丧亲者痛苦的日子。人们在这些日子里会更感伤、更寂寞，或许还会怕这些日子的到来。每当这个时刻到来时，就应该注意做到不要独自承受，不要压抑思念。同样要接受这个日子是要触及悲伤的这种事实，不要回避。

三、常用的丧亲者心理干预的措施

对居丧者干预的目的：帮助他们渡过正常的悲哀反应过程；使他们能正视痛苦；表达对死者的感情；找到新的生活目标。

（一）居丧干预的原则

丧失亲人带给生者心灵上的伤痛在所难免，哀伤是人们应对突发事件、受到强烈刺激的正常心理及生理反应。哀伤本身并不可怕，感受哀伤，接受哀伤，有助于走出丧失亲人后所处的情境。当一个人不拒绝、不回避自己的真实感觉时，复原也就离你不远了。因而居丧干预应该遵循下列原则：

1. 个体化原则，针对"此时此地此人"从居丧者的独特立场出发认识问题。

2. 现实的态度，治疗者无回天之力，但我们存在的本身就是对居丧者的一种给予和帮助。

3. 治疗者自己会有无能为力的感觉，但是不要使它影响治疗。

4. 学会处理居丧者指向自己的强烈情感爆发和愤怒，这只不过是居丧者的愤怒，甚至是对灾难敌意情绪的转移。

5. 促进居丧者以健康的方法解决悲哀。回避借酒浇愁、暴力发泄和自杀等不健康的行为。

6. 随时让居丧者看到生活的希望,痛苦终将减弱,生活将赋予新的意义。

(二) 不同反应时期居丧干预的要点

1. 震惊与逃避期　与丧亲者建立支持性关系,倾听和陪伴,强化丧亲者的社会支持系统,提升丧亲者的安全感,指导其亲人来照顾丧亲者的日常生活,满足其生理需要。

2. 面对与瓦解期　帮助丧亲者认识、接受、适应丧亲的事实;引导丧亲者识别、体验和表达丧亲之后不同层面的负性情绪,预防产生适应不良行为及创伤后应激障碍等相关问题。

3. 接纳与重建期　鼓励丧亲者重新适应逝者不存在的新环境,探索积极的应对策略,与外界建立联系,重建生活的目标和希望,必要时寻求社会支持。

(三) 居丧干预的策略

1. 通过支持和帮助,建立支持性关系

突发危机事件带给丧亲者突发的、不可预测的创伤和损失,与他们第一次的接触将直接影响到整体的干预效果。居丧之初丧亲者多处于情感休克期,表现茫然麻木,这时的工作目标应放在和居丧者沟通,提供心理支持;为此在与丧亲者接触之前,心理危机干预者需大体了解此突发危机事件的性质、伤亡程度如何、对丧亲者的刺激强度有多大等基本情况。接触时,干预者首先要冷静观察丧亲者目前的状态及周围的环境,判断现在接触是否会让丧亲者感到唐突或者反感,然后再采取非侵入的、温暖真诚的态度与丧亲者进行接触。初次接触时干预者的声调、语气要注意与丧亲者相吻合,尽量少说话、多倾听,通过眼神、表情、点头等肢体语言来表达对丧亲者的理解和共情。在接触过程中要遵循保密原则,避免二次创伤及既往创伤的唤起,同时避免媒体及无关人员在场,以提高丧亲者的安全感。

并非每个丧亲者都乐意接受心理干预,如果丧亲者明确拒绝,要尊重他们的决定,并且向其表明,在他们需要帮助的时候可以随时联系。

2. 评估丧亲者的心理状况

在干预初期主要通过开放式的提问,从以下几个方面对丧亲者的哀伤进行全面评估:

(1)丧亲者与死者的关系如何,亲密的程度怎样?

(2)死者是在什么情况下去世的,丧亲者是否毫无心理准备?

(3)丧亲者以往是否有过类似的哀伤经历,以往的应对方式如何?

(4)丧亲者在丧亲之后的社会支持系统是否完善?

(5)目前最困扰他的问题是什么,丧亲者希望得到哪些帮助?

(6)丧亲者目前的情绪状态如何,其情绪反应是否属于正常范围?

(7)丧亲者目前属于哀伤的哪一个阶段,是否属于复杂性哀伤?

3. 制订心理干预方案

在对丧亲者评估的基础上制订符合个体实际情况的干预方案。设计可以解决目前的危机或防止危机进一步恶化的方法,确定应提供的支持。

4. 实施心理危机干预

(1)引导丧亲者接受丧亲事实。帮助丧亲者认识、面对、接受丧亲事实,是成功干预的第一步。居丧之初,丧亲者往往存在否认的倾向,为了接受丧亲事实,需要与丧亲者围绕死者去世的事件,开放式地谈论死者是在什么情况下离世的,当时具体的情况如何,是否瞻仰死者的遗容,打算如何处理死者的遗物,如何安排葬礼,是否已经拜访死者的墓地,这些都有助于丧亲者接受亲人离世的事实。鼓励居丧者用言语表达内心的感受及对死者的回忆。

　　告诉丧亲者在痛苦时哭泣是一种很自然的情感表现,而不是软弱。并允许鼓励居丧者反复地哭泣、诉说、回忆,这种表达方式不限性别和年龄。用日记等其他方式也有利于情感的表达。交流时避免说"去了天堂"、"远走了"等缺乏现实性的词语,而是直接说"死亡"、"去世"等词,这有助于增强丧亲者丧亲的现实感。

　　(2)对丧亲者实施哀伤的心理教育。有的丧亲者在亲历突发危机事件的同时,面对亲人突然离世,没有任何心理准备,会出现很强的情绪反应,正常的生活模式也被完全打乱。丧亲者对此往往认识不够,又看到干预者的参与,可能自己会感觉"我要疯了"或者产生耻辱感。因此帮助丧亲者了解什么是"正常"的哀伤行为,这种特殊的体验和快要发疯的感觉是在经历丧亲之后的"正常"反应,这有助于缓解丧亲者担心自己发疯的恐惧,接纳自己目前看似异常的表现。

　　丧亲者能否很好地处理哀伤,与其家庭成员之间原有的沟通模式有很大关系。如果个体在丧亲之前保持着不沟通、不表达的行为模式,丧亲之后,表面看似平静,但是会把痛苦深深隐藏起来,从而陷入冲突与逃避的模式里,导致身心疲惫、精神崩溃。对于这类反复告诉你"我没事"的丧亲者,要重点进行相关的心理教育,告诉他们丧亲是每个人一生中都会经历的特殊体验,人在悲伤时痛哭是很自然的情感反应,并非是脆弱无能的表现。单纯的压抑和逃避并不能让这种悲伤消失,相反,如果表面上乐观坚强,但是内心很痛苦、压抑,反倒容易影响自己以后的健康,这是已故亲人不愿意看到的,只有放下自己的防御,认真体验并正确表达哀伤过程中的感受,才能有助于个体的成长。

　　(3)鼓励丧亲者用言语表达内心的感受及对死者的回忆。在处理哀伤时,帮助丧亲者发现、接受和表达悲伤过程中的各种复杂情感十分关键。如果丧亲者能清晰具体地表达不同层面的情绪感受,很有可能会顺利渡过哀伤期。丧亲者在哀伤期通常会有很强的内疚、自责、悔恨、羞愧等情绪,这些情绪反映着个体对已故亲人去世的哀伤,渴望与其重新建立联系。干预者要表示理解逝者在丧亲者心目中那独一无二、无可替代的重要地位,鼓励丧亲者停留在感受层面,进行探索与分担。如果丧亲者还没有情感层面的适度表达,不要直接上升到理性层面,不要先告诉对方"你要坚强"、"节哀顺变"、"我知道你的感受"、"尽管他去世很突然,但是没有受很多苦,从这点上来说你要想开些"、"我相信你会坚强地面对这一切"等类似的表达,这样会给对方造成过大的压力,阻碍了丧亲者表达感受、表达脆弱。

能给一个心理受伤的人最有力的帮助就是倾听和陪伴。干预者可多以开放式的提问来询问丧亲者对已故亲人离世的感受,给丧亲者创造情感层面的适度宣泄,与其一起聊天、表达、痛哭、沉默、回忆,并给予恰当的反馈。

(四) 向死者仪式性的告别

在丧亲者体验和表达哀伤情绪之后,干预者可以鼓励丧亲者去寻找纪念亲人的标志,与死者进行仪式性的告别,并与丧亲者共同探讨关于遗物的问题。由丧亲者自己考虑决定是否保留遗物,如果遗物带给他的是美好的回忆,不影响正常的生活,就可以保留。

另外可以采用仪式性的活动来与死者告别,比如以写信的方式把内心想对死者说的话都写下来,与丧亲者商讨如何处理所写的信,比如烧掉或者丢在河里、放在氢气球里放飞、埋在墓地里等方式,或者在网上建一个亲人的网上陵园等纪念方式。

(五) 完善社会支持系统

社会支持是指个体在应激过程中从社会各方面能得到的精神上和物质上的支持。灾难性事件会大大影响社会支持系统的稳定性,增加创伤后应激障碍的发生率。在对丧亲者的心理干预过程中,完善丧亲者的社会支持系统,是帮助他们从灾难中复原的最重要、最有效的方面。

1. 提供具体的帮助与支持。干预者通过陪伴、握手,或其他的身体接触,能使丧亲者感受到他并非独自面对不幸,而是与大家共同面对,会让他们觉得自己并不孤单。丧亲发生后,将面临的还有料理后事、处理遗物等,帮助安排亲友暂时接替丧亲者的日常事务,如代为照看孩子、料理家务等。必要时还需指定专门人员,提醒丧亲者的饮食起居,保证他们得到充分的休息,也是至关重要的一种支持形式。可极大地缓解受害者的心理压力,使其产生被理解感和被支持感。

2. 建构社会支持网络图。作为干预者,要指导丧亲者主动利用和寻求社会支持。帮助丧亲者画出他们的社会支持网络图,按亲近程度由近到远,分别列举出目前在这个网络图中各位置的人员,写出他们的名字,并注明哪个成员能给予自己何种具体的帮助和支持,尽量具体化,如情感支持、建议或信息、物质、金钱和权力方面的支持等,并讨论如遇到某一问题将会在网络图中的何人那里得到帮助。这样一方面能让丧亲者确认外界有多少人可以帮助自己,提高他们的安全感;另一方面能使丧亲者更有效地利用自己的社会资源。

3. 强调社会支持的相互性。由于在自然灾难面前,个体易丧失自我控制感,所以力所能及地互助,能够重建控制力信心。当控制力再次浮现时,可以将恐惧、焦虑控制到最低程度。干预者要以心理教育的形式,向丧亲者强调社会支持是相互的,不能只收获,不播种,可以在适当的时机为他人提供力所能及的帮助。这时帮助别人不仅可以分散紧张的注意力,得到情绪的舒缓,更可以恢复自己的独立意识,增强自我肯定感。

（六）提供积极的应对方式

面对突如其来的灾难,丧亲者通常会处于一种情绪失衡状态,如悲伤、焦虑等,大多数丧亲者会觉得自己已无路可走,他们原有的应对机制和解决问题的方法不能满足他们当前的需要。

因此心理危机干预的工作重点应该放在稳定丧亲者的情绪方面,使他们重新获得丧亲前的平衡状态,重新获得应对和解决问题的能力。

1. 回忆既往积极的应对方式。个体都有自身发展、适合于自己的适应性应对行为,所以最好让丧亲者自己叙述他既往的应对方法,把他们的自我能动性充分发掘出来。鼓励丧亲者回忆他们以前用过的、有效的处理负性情绪的方法,给予肯定与强化,归纳出来并提供给丧亲者,鼓励他们继续采用。

2. 建立适应性行为。面对丧亲的现实,丧亲者很难不痛苦,但却可以带着痛苦去适应丧失,并逐渐投身于新的生活,做自己该做的事,从而在活动中减轻痛苦。可以直接向丧亲者提供多种方法,建立适应性应对行为,如充足的睡眠、营养支持、尽可能保持有规律的作息时间、与他人共处、向他人诉说心中的苦闷、与他人沟通联系、从正常渠道获得所需的信息、计划当下能做的一件事情、适量的体育锻炼或运动、自我安慰、听音乐和写日记等。

干预者要和丧亲者就这些方法进行讨论,识别他们自身可以运用的方法,并将如何运用进行具体化,最后再让他们进行复述,以强化应对方式。

3. 问题处理。首先让丧亲者思考自己当前有哪些事必须要做,并讨论事情的轻重缓急,安排好时间一一去完成。如果丧亲者自愿或在建议下同意做一些事情,则要与其一起讨论做这些事带来的有利及不利影响。权衡利弊后选择一件事情来做,并且要具体分析做这件事情可能会遇到什么困难或阻碍,将如何处理。必要时,干预者要参与并帮助丧亲者完成做该件事情过程中的某个环节。值得注意的是安排活动,让丧亲者充实是有益的,但他们也需要时间来感受并且需要经历悲伤的过程。如果总是让他们那么忙,没有自己单独的时间来想,来感受悲伤,那么这些情况也会阻碍经历悲伤的过程。

4. 放松技术。学会一种简单的放松技术，如呼吸放松、想象放松、肌肉放松等，可以帮助丧亲者减轻精神和身体上的紧张感。呼吸放松简单易学，首先让丧亲者选择一个舒适的姿势，平静下来，闭上双眼；然后用鼻子慢慢吸气，想象凉凉的气流缓缓充满肺部到达腹部，轻轻地对自己说："我的身体非常平静"。屏气 3 秒钟，慢慢地用嘴呼气，想象暖暖的气流从腹部、肺部完全呼出去，轻轻地对自己说："我所有的烦恼、紧张都随着气流呼出去了"。重复练习，直至掌握。

5. 识别消极的应对方式。帮助丧亲者识别消极的应对方式及其导致的负面影响。避免适应不良行为的产生。消极的应对方式有回避亲朋及他人、回避公众活动、过度自责或责备他人、暴力发泄、暴饮暴食、借酒浇愁、滥用药物、放任自流、不吃不喝、整日睡觉等。

（七）重建有益的思维方式

经历灾害、遭遇丧亲的人，观念会产生巨大的改变，思维方式容易产生扭曲，产生"我是没用的人"、"一切都完了"等想法，从而产生悲观的生活态度，甚至自杀。干预者要帮助他们意识到自己认识中的非理性思维，重新获得思维中的理性和自我肯定的成分。而此项心理干预更适合丧亲应激反应逐渐恢复的丧亲者。

1. 矫正过度的自责。通常丧亲者在认知层面上会有深深的自责和内疚感，在失去孩子的父母中尤为严重，因此要帮助丧亲者分析对自己的要求是否恰当、是否现实；从另外一种思维角度来看待自己的不幸遭遇，亲人的亡故在这次灾难中是难以避免的，之前自己并没有得到关于灾难的任何信息，这也是人类不可抗拒的天灾，自己对死亡事件并不承担责任，这不是自己的错。

2. 正视改变，适应生活。丧亲者可能会高度关注当前和今后持续存在的困难，非理性地夸大灾难带来的影响，并对此过分担忧或悲观绝望。丧亲者要面临由于丧失亲人而带来的各种改变。

针对丧亲,和丧亲者讨论并重点强调目前他们仍拥有的人和物等资源,帮助他们建立另一种有益的思维:自己并不是孤单一人,自己也并不是一无所有,自己的将来并不是毫无希望。

针对丧亲者面临各种改变的担忧,帮助他们逐一列举并分析出这些改变带来的困难,正确地评估困难,通过分析及提供解决办法的过程,来矫正他们的非理性思维。强调他们对自己命运的控制感,提供给丧亲者一种有益的思维:"我的生活不再和以前一样,这些改变确实会带来痛苦,我今后会面临很多困难,但还是有很多办法去应对解决的,我能够重新开始新的生活。"

3. 展望未来,注入希望。对于新的生活,要给予其对未来的期望,利用丧亲者现存的资源,引导他们展望未来,帮助他们重新发现生活的意义并能给予他们积极回报的事情。干预者在这一过程中随时注入希望,传达一个信念;痛苦终将减弱,未来的生活将会赋予新的意义,生活中仍然会有积极、幸福的一面。最后给予总结、肯定、鼓励和强化。

(八) 评估转介医疗需要

干预者如果发现丧亲者存在复杂性哀伤或哀伤情绪的程度严重、持续时间超过4～6周、影响到日常生活功能,则需要转介精神医学专业机构接受治疗。居丧干预的注意事项:

1. 使用标准问候语。

2. 使用和居丧者类似的声调。提供帮助者从一开始就应注意与居丧者的声调相匹配,如果居丧者的声音听起来平缓而悲伤,你应该轻声说话;如果居丧者的声音愤怒而响亮,你的声音应该与其接近,但音调应稍低;然后慢慢地把你的音调调到正常水平,被帮助者会慢慢配合你的音调。

3. 尽量使用居丧者的用词、用语与其交谈。例如居丧者说:"我想结束自己的生命。"帮助者:"您已经制订了结束自己生命的计划吗?"居丧者可能会用俚语,但不鼓励用贬义词或不恰当的词汇。

4. 当好倾听者。好的倾听者要掌握以下技能:用心理解和领会倾诉者的思想与感情;允许倾诉者口误或用词不当;允许其停顿和沉默,搁置自己的需要与看法。不够称职的倾听者会有以下表现:打断对方的谈话;随意转换主题;说教;匆忙下结论;回避问题等。

5. 避免给予建议。给居丧者提供直接建议是件很危险的事,要避免这样做;交流目标是帮助居丧者发现重建生活的资源,让其自己作出决定;如果帮助者的建议无效,你将为这一失败承担责任;如果帮助者的建议有效,成功可能属于帮助者;不管成功与否,问题的关键是居丧者没有真正学会独立解决问题的方法,帮助者过于主动为居丧者作决定不利于居丧者独立解决问题能力的恢复。

6. 避免在干预中评判居丧者 例如"你不应该那么想"、"你不应该伤害你自己"、"你怎么能那么做呢?"

7. 避免转换话题。帮助者如果在干预中随意转换话题或是按照自己的思路与居丧者沟通,会给其造成一种帮助者有意避开谈论此话题或对此话题不舒服的感觉。

8. 哀伤的内涵和历程会明显受到家庭、文化、宗教信仰及哀悼相关仪式的影响,干预者在干预之前须了解当地的文化习俗。

9. 干预者的心态要保持平和,不一定必须为丧亲者实施专业的干预行为。如果干预太迫切,反倒会受到强烈的阻抗。本着"不指导、不随从、只陪伴"的基本原则,干预者陪伴的本身就是对丧亲者的支持和给予。

10. 对于某些有强烈愤怒甚至冲动行为的丧亲者,需要干预者与其建立沟通,好让他们有适当的情感表达。丧亲者的愤怒情绪并非指向干预者,而是这种情绪的一种转移。

四、居丧者常用的自我心理调整的方法

（一）半个月内勿作出重大决定

人的应激反应分为不同时期，先是麻木，再是后怕、恐惧，这个正常反应期一般为 15 天，这个时期当事者不能冷静地思考问题，所以勿作出重大决定。

（二）做感兴趣的事缓解情绪

一旦发生突发性灾难，不要总是回想，应该放松心情，做些自己喜欢做的事情，缓解紧张情绪，减少心理压力。

（三）让生物钟恢复正常

遇到突发事件时，当事者一般都有失眠症状，应该从信念上强制自己休息，使生物钟恢复正常，这样对于处理问题和身体都有好处。

（四）家庭支持体系也很重要

灾难的当事者还可能通过邻居、亲属、朋友等家庭支持体系，以聚会、谈心等方式找到归属感，这样也可以缓解恐惧心理，减少孤独感。

（五）善意的谎言不利于解决问题

危机事件发生时，对当事者亲人隐瞒消息，这不利于解决问题，应帮助当事者如何坚强地面对事实，学会应对和解决问题，否则，消息一旦泄漏受到的打击会更大。

案例 1：

小强，男，17 岁，初三学生，长相帅气，性格开朗，人际关系良好。成绩在班里属于中下游，各方面表现良好，无行为问题。他家境贫寒，家里主要劳动力是父亲，母亲残疾。在某次矿难中父亲遇难，家中的顶梁柱瞬间倒塌，此后他不但成绩直线下降，行为上也出现诸多问题。如上课睡觉，与老师顶嘴，无心学习，不交作业，考试交白卷，时常逃课等。据一些同学反映，小强还在校外和一些社会上的青年混在一起，抽烟、打架。

经初次接触,了解到目前小强还存在以下问题:第一,不相信父亲真的走了。父亲的突然去世,让他一时无法接受。他说:"我觉得爸爸还在我身边,我不敢相信爸爸已经离开了。"他害怕独处,害怕一个人时疯狂地想念爸爸,这也是他到社会上跟帮结派的原因之一。另一个原因是他希望通过自己变坏,也许爸爸就会突然出来管教他了。第二,他对未来没了方向和目标,没有了学习、生活的动力,不想读书了。爸爸生前是家里的经济支撑,也是在学业上给他最大鼓励和支持的人。爸爸的离开,带来了太多现实问题——没有足够的钱来支付他的学费,成绩又不理想,就算考上大学也没有经济来源可以提供给他继续深造。所以他开始自暴自弃,以麻木自己达到对父亲的想念和对未来的思考。第三,来自亲戚、邻居等各方面的过度"怜悯",让他想要逃避。由于家庭发生的不幸,小强的亲人、邻居只能把更多的怜悯和同情给予这个孩子。这时的小强已经有强烈的自我意识,他宁可独自疗伤也不愿将自己的悲伤暴露出来,这也是为什么在爸爸去世到葬礼结束他都没有哭的原因。针对这种情况,我们制订并实施了下面的干预过程:

第一阶段:建立良好的关系,宣泄情绪,正视悲伤反应。

这个阶段主要通过无条件的积极关注,耐心倾听,理解他,并且尊重他,并不给予"过度关心",建立信任的关系,慢慢地他愿意在我面前更多地敞开心扉,逐渐地他就说到了父亲去世的事情,尽管从他的眼神中可以看出他有些逃避,但他还是愿意在我的询问中,慢慢地叙述着,再现了听到丧讯时的情境,当时泪流满面。我告诉他这一切情绪都是正常的,是人在丧失亲人时的一种自然反应。当这些情绪再次出现时,不要回避它,要面对,更要懂得宣泄。

回忆父亲生前留给他的印象最深刻的片断和画面(冥想回忆策略)。在父亲去世的这段日子里,他害怕回忆,他更怕想起爸爸,他把自己的情感压抑着无处宣泄。因此我引领他在舒缓的音乐里做了简单放松训练,让他伴着音乐做冥想回忆,回忆他和爸爸之间发生的故事。他断断续续地说着,其间多次哽咽无法继续,这时我再次引领他进行放松训练,鼓励他继续去面对爸爸,并在肢体上给予安慰和勇气,比如握着他的手,并视情形拍拍他的肩膀。

告别(空椅子技术)。由于父亲离开时他不在身边,亲戚为了保护他,也没有让他为父亲单独守灵,只是见了最后一面,对于小强来说,这样的告别是仓促的,因此内心一直自责不已。从心理学的角度来讲,要使人积极地面对现实,健康成长的一个重要手段,就是帮助他完成内心中的那些"未完成事件"。

"告别仪式"可以帮助他更快地走出情绪的困扰,也能帮助他更快地接受爸爸已经离去的事实。

通过使用空椅子技术以及冥想技术,给他创设一个虚拟的场景,让小强敞开心扉。首先让他进入冥想状态。在他面前摆着一把椅子——"小强,现在爸爸就在你对面的椅子上,他对你微笑,很和蔼很亲切,他向你挥手,但他似乎要慢慢地远去,你想跟爸爸说什么?"

这时,冥想状态中的他已泣不成声。在我的鼓励下,他哭着说:"爸爸,你别走,别离开我,爸爸,我需要你,爸爸,请再爱我一次"。终于把他多日以来的所有悲伤宣泄了出来。

我继续引导他、鼓励他跟爸爸告别,告诉他:"小强,爸爸已经离开人世,他要走了,你不能再逃避了,但他的爱还在,并且将会永远留在你心里,记住爸爸的爱,小强,让爸爸安心地走吧。"并且暗示他:"小强,你转头看看,你身后还有亲人、同学、老师关注的目光,他们也在向你招手,你可以跟爸爸告别了吗?"

他在沉默,在流泪,我耐心等待,给他时间,等他开口。过了好久,他终于开口说:"爸爸,再见!你放心地走吧,我会好好地活下去。"

小强的话很少,但可以看得出他的内心斗争是激烈的,最后的告别是成功的。用他的话说:"老师,我一下子轻松了很多"。面谈结束时,他已经筋疲力尽,需要休息和自我调整。这次面谈也是哀伤辅导里最重要的一步,在完成后,还给他布置了一个任务:每当他想起爸爸时,就把感受写下来,并且把每天自己发生的变化以日记的方式写下来,下次面谈时带过来。

第二阶段:再次认识自己,构建应对方式。

在这个阶段,又进行了三次面谈,运用了认知疗法,让他清楚自己的困境,并且找到正确的应对方法。

罗列出由于爸爸的离开给他的生活带来的变化。他思路很清晰,能够做到清楚描述。如没了经济来源,带走了自己的希望等。

让他回忆这段时间自己都是如何应对这些变化的。他开始叙述自己这段时间的不良表现,他总结自己是倾向于放弃自己。在这里开始具体运用三种心理疗法,让他意识到自己认知上的偏差,引导他面对现实,确定不再使用自我放弃的方式去应对,帮助他面对痛苦和回忆,学会控制和宣泄情绪。

构建应对方式,制订计划,获得承诺。在与他商量后,根据具体情景分别列出正确的应对方式,并且制订一套可行的计划,帮助他更快地回归到学习生活的轨道上,这一计划获得了他的承诺。

第三阶段:树立自信,感受无限爱意。

这阶段又进行了一次面谈,借着学校举办现场作画比赛的机会,鼓励他积极参与其中。他同意了并高兴地告诉我:"现在不管做什么,我都可以感受到爸爸对我的爱,感受到他在天堂对我微笑,我不想让他失望。"最后他的经济问题也得到了解决,由几位亲戚共同资助他完成学业。

心理危机干预的一个重要原则——必须有家人或朋友参与。保持与小强关系密切的亲人的联系,让他们了解他的表现,观察他的情绪,多进行情感交流,从一定程度上可以弥补他失去父爱的伤痛。我也特别跟他的母亲进行了多次沟通,并通过他的几位亲人的努力,让他的亲戚、邻里在带给他亲情暖意的同时,避免补偿心态,避免过度"关心"。

案例 2:

67 岁的黄大娘,家里有位 97 岁高龄的婆婆,丈夫因患癌症于年初撒手归西,4 个儿子去矿山打工,矿难发生后,老大、老二和老三不幸遇难,仅有 30 岁的老四幸存。除老大的尸体被救出外,老二、老三至今还生不见人、死不见尸,全家十几口人四代同堂,悲伤欲绝。尤其是黄大娘及三位儿媳妇,半个多月以来一直以泪洗面,几乎不吃不喝,不愿说话,夜里常常被噩梦惊醒,对未来生活丧失了信心。

干预方法:

对居丧者干预的目的在于帮助他们渡过正常的悲哀反应过程,使他们能正视痛苦,正常地表达对死者的感情,找到新的生活目标。

1. 居丧之初,需要安慰与支持。居丧之初多处于"休克期",表现为麻木或激烈的情绪反应。此时干预者应把目标放在建立关系上,提供心理上的支持。如我们从黄家二儿媳妇麻木、无奈的神情中,一眼就可看出她正处于居丧之初的"休克期",因此我们主动地接近她,轻轻握住她的手,关切地询问她的身体及生活状况,诱导她将自己的悲哀宣泄出来。哭诉是一个重要的方式,可以使她们潜藏在内心深处的悲哀、无助等情感宣泄出来,对她们的心灵康复大有益处。若能陪伴在其身旁,轻轻握住她的手,或保持其他的身体接触,不仅能使居丧者感受到自己并非独自面对不幸,还可以帮助其保持与现实世界的关系,不致完全关注故去的亲人。

2. 鼓励居丧者用言语表达内心感受及对死者的回忆。帮助居丧者顺利度过居丧期是非常重要的。如一夜之间失去了 3 个正值青壮年儿子的黄大娘满脸悲伤,木然地站在大门口。她怎么也不相信3个儿子就这么离她而去,她还在期待着儿子们能在她声声的呼唤中回到家中。对于一个丧子的母亲来说,她不仅失去了所爱的孩子,失去了她与孩子间的特定关系,同时她也永远失去了已经熟悉的大家庭气氛。因此必须帮助居丧者认识、面对、接受丧失这一事实,这也是干预成功的第一步。丧亲之初,往往存在否认的倾向,为了接受丧失这一事实,需要对居丧者与死者的关系及其他有关事件进行回忆,必须允许并鼓励居丧者反复地哭泣、诉说、回忆,以减轻内心的巨大悲痛。在近半个小时的心理干预中,我们总是力图分担黄大娘的痛苦与悲哀,倾听并引导她发泄内心积蓄已久的不良情绪,将自己痛苦、悲哀的情绪宣泄出来。有时居丧者会有一些对死者想说而没能说的话,想做而未能做成的事,此时必须鼓励他们表达出来,在干预者在场的情况下,让居丧者大声说出这些未尽之言、未了之事,对他们大有帮助。"黄大娘,您上有老人,下有儿媳子孙,要注意节哀、珍重身体啊,今后的日子还要靠您老人家来支撑这个家呢。"意味深长的话语,渐渐地温暖了黄大娘的心,也给她播下了希望的种子。尽管痛苦依旧,但却给了她心灵的安抚与慰藉,重新树立起信心和勇气,以尽快渡过悲哀反应期,重建新的家园。

3. 关心安慰并提供具体的帮助。居丧者在经受了难以承受的打击之后,往往无力主动与人接触,因此必须动员他们周围的亲友们提供具体实际的帮助。可暂时接替居丧者的日常事务,如代为照看孩子,料理家务,必要时还需提醒居丧者的饮食起居,保证他们得到充分的休息。在提供帮助时,无论是居丧者的亲友还是干预者,都应作好被拒绝的准备。居丧者在遭受不幸的痛苦中总是难以对人们的关心帮助作出适当的反应或表示感激,照顾者切不可因遭受拒绝而放弃。

(杨绍清)

第六讲

对儿童和青少年的心理危机干预

学习要点

1. 矿难后儿童和青少年常见的反应
2. 常用的儿童心理干预的措施
3. 不同年龄段儿童和青少年的心理干预注意问题

　　心理危机是指由于突然遭受严重灾难、重大生活事件或精神压力,使生活状况发生明显的变化,尤其是出现了用现有的生活条件和经验难以克服的困难,以致使当事人陷于痛苦、不安状态,常伴有绝望、麻木不仁、焦虑,以及自主神经症状和行为障碍。心理危机干预是心理卫生工作的重要组成部分,主要针对遭受严重精神创伤的人,目的是及时给予适当的心理援助,帮助他们重塑心灵,减少心理障碍的发生,以便尽快摆脱困难。

一、灾难后儿童和青少年的常见反应

　　当一个人亲身经历或目睹到一种极大的创伤特别是威胁到生命或极重大的伤害时,往往会有极度害怕、恐惧或无助感。可能最终演变为重大危机事件的应激障碍,其时间进程见表6-1。

表 6-1　灾害心理的时间进程

灾前预报期	灾难降临期	灾难后初期	灾难后晚期	灾难后长期
灾难发生前	数分钟至数小时	灾后 1 天～3 个月以内	灾后 3 个月至 1 年	灾后数年
焦虑、否认灾害	恐惧	自我防御行为	持续病态心理	创伤后应激障碍

这种创伤可能发生在任何年龄阶段,包括青少年儿童。但是由于儿童生活经验和知识的缺乏,因此容易把生活中的问题和事件严重化,过分估计事件的不良后果。其生命观与成人相比,是不成熟的、肤浅的,他们难以对生命有深刻的理解,同样对死亡也没有更深的体验,甚至以为人死了还能复生。因此当儿童出现症状时会导致其人际关系、角色或日常生活的混乱,使儿童受到更大的创伤。

灾难之后,儿童和青少年在生理、心理或行为上均会产生许多反应。而且由于他们的特殊性,这些反应也异于成人。

(一) 不同年龄段儿童和青少年的共同反应

在面对重大灾难和生活事件时,不同年龄段儿童和青少年均会出现下列的共同反应,包括:害怕将来的灾难、对上学失去兴趣、行为退化、睡眠失调和畏惧夜晚、害怕与灾难有关的自然现象。

(二) 不同年龄段儿童和青少年的典型反应

1. 学龄前(1～5 岁)　这个年龄段的儿童,在遇到灾变时,会变得较为脆弱,需要家人或熟悉的人来帮助或安慰,如果不能及时得到安慰,就很容易出现下列现象:吸吮手指,尿床,害怕黑暗或动物,黏住父母,畏惧夜晚,大小便失禁,便秘,说话困难(口吃),食欲减退或增加。

2. 学龄儿童(5～10 岁)　这类儿童在遇到灾变时,往往会出现易怒,哭诉,黏人,在家或学校出现攻击行为,明显地与弟弟妹妹竞争父母的注意力,畏惧夜晚,做噩梦,害怕黑暗,逃避上

77

学。在同伴中退缩,在学校失去学习兴趣或不能专心,行为退缩。

3. **青春期前(11～14 岁)**　出于这个阶段的儿童在遇到灾变时往往出现睡眠失调,食欲不振,在家里"造反",不愿意做家务事;学校问题(如打架、退缩、失去学习兴趣、寻求注意的行为);生理问题(如头痛、不明原因的其他疼痛、皮肤发疹、排泄等问题),失去与同伴进行社交活动的兴趣,而且在灾难之后的反应特别明显。他们需要觉得其恐惧是适当的,且与别人一样,需要以减低紧张和焦虑及可能的罪恶感为目标。

4. **青春期(14～18 岁)**　在遇到灾变时,他们往往出现身心症状(如排泄问题、气喘),头痛与紧绷,食欲与睡眠失调,月经失调与月经困难;烦躁或活动减少,冷漠、对异性的兴趣降低,不负责或违法的行为,对于父母控制的反抗减少,注意力不集中。疑病症(不断担心自己有病痛,但无医学上的根据)。大部分青春期的青少年,其活动与兴趣都集中在与他们同年龄的同伴身上,他们特别容易因同伴活动的瓦解,以及共同努力时失去大人的依靠而悲伤、难过。

(三) 失去亲人的孩子的反应

在灾难中失去亲人的孩子大多数会出现以下反应:不相信亲人已经永远离开,身体不适(如无食欲、呼吸困难);觉得自己被抛弃,对过世的亲人生气;对亲人的死亡自责,模仿过世亲人的行为或特征;变得容易紧张,担心以后没人照顾自己;出现跟以前很不一样的举动(如特别乖或特别顽皮)。

孩子对死亡的想法与成人不同。他们还不懂得死亡是人生必然的结果,往往错误地认为亲人的死是因为自己不乖,或者自己做了错事、说了错误的话造成的,因此会深深自责。所以他们面对死亡所表现出来的行为,常常会让成人十分诧异。不要以为有些孩子没哭、没难过就表示他不了解自己已经失去了最亲的人。孩子没有社会经验,他根本不知道亲人死了应该用什么恰当的方法来抒发自己的情绪。这时候他的行为往往反映了自己那套对死亡的理论。有些孩子会忽然表现得特别好，不要以为他是在一瞬间长大了、懂事了。说不定他只是猜想"亲人的死亡是因为自己不乖、自己乱诅咒所造成的。"如果从现在开始他都很乖、很听话，那么亲人也许就会活过来了。然而随着时间的推移，孩子渐渐发现无论自己再怎么努力，都没有能让亲人复生，他失望的心情和自责会不断地累积，那将会成为一辈子都无法磨灭的心理伤害。有些孩子会表现出完全没事儿一样，甚至会比平常还要顽皮、不听话。别以为他不难过，这很有可能就是因为他自责太深，而想让自己看起来更坏、更不乖，好让老天干脆把他也一起带走，或是让其他生还的亲人气不过揍他一顿、也好让他经由这些惩罚减轻一些罪恶感。

（四）灾后儿童和青少年容易出现的三类心理问题

1. 生理性（或称生物性）心理问题　主要是退行或退缩行为，表现得比实际年龄更为幼稚，如吸吮手指、尿床等，黏人（亲密依赖），表现得害怕离开亲人，亲人要离开时哭泣、抱紧不放，拒绝与其他人接触，处事夸张（小题大做）等。属于这类心理问题的还有害怕与自然灾害有关的情境或场景，如阴暗、空间逼仄、下雨、打雷、刮风、闪电等。这类问题是由人的动物本能引起的，所以称生物性心理问题。

2. 情绪性心理问题　这类问题包括难以入眠、做噩梦（如经常性"灾难重现"，经常梦见难以脱逃、四肢无力、被绑缚、被压迫或被追踪、从高空坠下或陷入地下），神情呆滞，沉默寡言，情绪低落，缺乏情感表达，沮丧，冷漠，兴趣淡泊，自闭。属于这类心理问题的，还有抵触、易激惹、易怒、情绪变化反复无常等。

3. 精神性心理问题　经过重大创伤性事件后，发生认知改变或认知模式扭曲变形，思维与逻辑不符合常规。经常抱怨头痛、胃痛或其他身体方面的疼痛，并伴有较实质性的幻想、幻视、幻听、妄想等。

二、常见的儿童心理危机干预策略

(一)哀思传统表达训练

训练的目的是使负性情绪得到合理的排解,消除不合理信念,进而恢复正常的心理行为模式,重建信心与生活目标,可分为以下步骤:

1. 在训练开始前,交代训练要达成的目标和活动的意义。

2. 合理设置情境,导入庄重的哀思状态。如播放可以寄托哀思、唤起力量的音乐或视频。

3. 让儿童闭目冥想要对逝者说的话(想好后,通过活动前规定的方式如举手示意),然后分享(每人先介绍自己的情况,并作出解释,充分宣泄与共情)。

4. 归纳与引导,说明对逝者的话是他们自己真情实感的表达,寄托哀思,使之觉得轻松和安慰,有一种释然和亲切的感觉。

5. 播放轻松与超然的音乐或视频,让儿童闭目冥想逝者对他(她)的希望,然后分享。目的在于树立新的生活目标,明确今后的努力方向。

6. 归纳指导,说明铭记逝者的希望是对逝者的最好纪念(着力肯定其中具有典型意义的正向、积极的目标和方向),过去一些非理性的信念,是可以理解但却是应该改正的。引导儿童在积极心态与非理性信念之间思辨,帮助其在灾难中成长。

7. 调整心态、回到现实、强化目标。播放深情、有力、面向未来的视频音乐或歌曲(必要时可重复 1～2 次),儿童闭目聆听,渐渐睁开眼睛,可以共同歌唱,并简要强调一两位“逝者的期望”共勉,结束训练。

(二)哀伤辅导

强调在悲痛面前,不能沉溺于痛苦中,而应让自己感受和经历痛苦,通过哭、嚎等方式发泄情感,消除罪恶感、羞耻感、孤独感、进而接纳事实,找到生命的意义。

哀伤辅导的目标是：

1. 协助儿童面对失落。

2. 协助儿童处理已表达的或潜在的情感。

3. 协助儿童克服失落后再度适应正常生活的障碍。

4. 以正向的方式鼓励儿童向逝者告别，并坦然地重新将情感投入到新的关系里。

哀伤辅导要经历四个阶段的任务：

1. 接受失落的真实性。

2. 经历悲伤的痛苦。

3. 重新适应一个逝者不存在的新环境。

4. 将情绪从已逝者身上转移到生活上。

倾听在哀伤辅导中必不可少。倾听需要用心听，并通过搂抱、抚摸、逗笑等"形体语言"与儿童"交谈"，表达注意和关爱，理解儿童言语所传达的信息。可使用以下问题引导与儿童的交谈：

1. "告诉我发生了什么事？"仔细倾听儿童叙说，了解其对灾害的误解，让其知道现实，以便消除其误解。

2. "现在大家都在做什么？"要告诉儿童大家都在努力，还可适当地告诉儿童一些解决问题的办法。

3. "你最担心的是什么？"有时这种担心与关于灾难的误解有关。可以利用这个机会向他们保证你和其他人会尽其所能保证灾后的安全，尽快恢复正常的生活。

4. "你还有什么事要告诉我或想让我知道？"使儿童知道你愿意跟他谈话，他（她）不必保留任何问题，没有什么不可以讨论的问题。

（三）心理宣泄法

心理宣泄法即主动倾听儿童心中积郁的苦闷或思想矛盾，鼓励其将内心情感表达出来，并通过观察和讨论他人及自己的反应，帮助儿童在心理上消化创伤体验，较好地适应社会环境，避免引起更严重的后果。在进行宣泄时,要对经历灾难的儿童采取关怀、耐心的态度,让他们畅所欲言而无所顾忌,使得他们由于不良情绪得到宣泄而感到由衷的舒畅,进而强化他们战胜灾难的信心和勇气。同时心理危机干预者要保证保守秘密,并在心理宣泄的过程中及时给予温和的正确指导。

(四) 绘画疗法

绘画疗法是艺术治疗的一种,它要求患者把潜意识当中的内容用绘画的形式表现出来,从而引导他们从白日梦或幻觉中解脱出来。咨询师可以通过解释绘画的象征意义和倾听绘画者自己的解释来进行心理分析。绘画主要包括涂鸦画、自由画、续笔画、画人测验(D-A-P)、动态"房－树－人"测验(K-H-T-P)、家庭动态图(K-F-D)、学校动态图等。近年来还有画自画像、画一位异性、画雨中之人、树木人格图、画"最近的问题和情感"或"此时此地的感受",画出自己的3个愿望等。根据投射原理可从三个层面对儿童绘画加以解释:表层内容,相关内容及象征性内容。另外所画形象的大小、位置、阴影和颜色,省略、夸张分离等都可以传达有用的信息。已有的研究证明,绘画疗法对于处理情绪冲突、创伤、丧失有很好的疗效。绘画疗法还可以促进自我的完善和社会技能的提高。但是对绘画作品的解释应该谨慎。一是要由专业人员来解释;二是绘画者本人的解读很重要,因为作画带有一定的随意性,只凭书本上的标准解释是一种不专业、不严谨的做法,对患者的帮助是有限的,有时甚至是无益的。

(五) 死亡教育

死亡教育(death education)是一个敏感话题。每次灾难的发生均会出现人员的伤亡,而儿童的死亡概念是无法接受也无法否认的,会产生一些不切实际的联想和担忧,所以死亡教育不应忽略。

死亡教育的目标可分为认知、情感、行为、价值等四个层面:

1. 认知层面目标　为儿童提供各种有关死亡的事件和经验的信息,通过提供实例以及案例讨论,使儿童了解并整合这些信息。

2. 情感层面目标　让儿童学会如何面对死亡、濒死和丧恸的感情与情绪,重点在于教导儿童在面对丧恸时如何正确处理哀伤情绪,分享与讨论哀伤的情绪体验是重要方法。

3. 行为层面目标　让儿童知道如何或什么反应是正常的,自己如何或如何帮助别人表现哀伤的情绪。

4. 价值层面目标　帮助儿童澄清、培养、肯定生命中的基本目标与价值,通过死亡的必然终结性来反思生命的意义和价值。借由死亡教育让儿童认识生命、领悟生命、珍惜生命。

(六) 灾害教育

灾害教育(disaster education)是每个儿童的生存必修课,学校是进行灾难教育的主阵地。灾难教育的内容包括灾难知识教育(灾难的种类、危害、前兆和表现、原因、规律等)、灾难应对教育(灾难预防与救助教育)、灾难心理和灾难体验教育。

学校灾难教育的途径有四种:

1. 在学科教学中渗透灾难教育　如在生物课中讲授病毒的传播、预防、隔离等;在地理课上传授灾难的前兆及如何应对、野外生存的知识;在心理健康课上注意对学生应激能力的培养。

2. 开设专门的灾难教育课程　如美国把应急准备教育纳入中小学校的社会课程(包括美国红十字会开发的"灾难演习"培训课程),它的目标是向5～14岁的儿童及家庭传授防灾信息并通过提供知识、技能和工具,提升或改变他们的行为,有效应对灾害。孟加拉国设计了儿童减灾学习手册,帮助学生了解自然灾害,学习如何采取有效的减灾手段,并通过学生将这套学习手册推广到整个社区当中,使更多的人能够了解灾害,学会应对灾害的技能。除文字介绍和说明外,手册还设计了一些游戏,帮助儿童进行学习和实践,并鼓励家长和教师参与到防灾教育的演练和模拟当中。

3. 进行灾难知识宣传,可通过专题讲座、资料展览或发放资料等方式进行。

4. 让学生进行灾难情境模拟与角色扮演。

5. 开发灾难教育的软件、游戏等。东南亚海啸后,联合国粮食计划署发布了一款"粮食部队"(Food Force)的视频游戏,教育儿童如何在重大人道危机中应对分发食物的挑战。游戏要求儿童完成 6 个虚拟任务,这些任务反映了救援行动时所面临的真实障碍和困难,这种寓教于乐的教育形式是很成功的设计。

(七) 社会支持系统的建构

社会支持系统主要包括父母及其他亲人、老师和同学、社会各方的关爱等。社会支持对处在危机中的儿童来说非常重要。家庭危机干预可以:

1. 加强家庭成员之间的联系。灾难后儿童最容易出现无助和恐惧,他们急切需要得到家人的支持和安慰。

2. 家长与儿童进行情绪上的分享与支持,要信息互通,并对儿童激烈的情绪波动表现容忍。危机会激发儿童很强烈的情感爆发,如愤怒、恐惧、悲伤、负罪等。当痛苦、无法接受的感情得不到表达和支持时,则容易出现情绪骚动、愤世嫉俗、破坏性行为、药物或酒精滥用。

3. 扩展家庭的社会网络,家庭获得亲人、社区、社会网络在心理、情绪、行动和经济上的有效支持。这对于失去房屋和父母的儿童来说尤其重要。

(八) 社区危机干预

1. 通过加强社会支持体系,建立联合体,共享支持体系和资源,并把它作为儿童康复的重要基础。

2. 让儿童加入到有关创伤和应对的故事讲述中,故事应该足够多,并尽可能包括不同的经历。如美国在 Katrina 飓风之后,社区为儿童组织了"我的 Katrina 故事"社区活动。活动中提供了各种信息和故事,帮助儿童记住、记录和完整地看待这一事件。这其中不仅包含了悲痛、糟糕、恐惧的部分,更包含了人们所做的助人、勇敢、优良的行为。

3. 重新安排儿童的生活节奏,举行集体康复仪式,把悲痛赋予意义和认同。除了官方有组织的正式仪式及而后的纪念事件之外,还可以举行一些非正式的仪式和纪念活动。

4. 带给儿童积极的远景目标,重燃对未来的希望。

三、不同年龄段儿童和青少年的心理干预应注意的问题

(一) 婴儿

灾后对一岁半以下儿童所需给予的辅助,是替他重新找到稳定的生活规律与能够长期固定陪伴他的主要照顾者。救灾人员或机构能做的事,除了替失亲婴儿尽快找到能长期居住的家庭之外,也应对有年幼小孩的母亲本人进行所需的心理咨询,让她先处理好自己的情绪,再成为孩子安定及信任感的来源。

(二) 幼儿

在灾区现场的幼儿,可能因灾难本身的性质以及因生活环境、作息,甚至照顾者的改变,造成冲击,而需重新面对其已经解决的婴儿期的发展危机。这也是为什么在目前各种心理复建手册中一再警告家长,孩子会出现退行行为,并且呼吁家长要采取提供额外安抚、避免分离等照顾更小婴儿的方法来处理这些反应。灾后的幼儿仍是懵懵懂懂地探索着外界,闯祸在所难免,这时也考验着灾区父母对压力的承受度。因此心理危机干预者除了一方面帮助其父母疏解他们自身的灾难症候群之外,还应设立全时或半时的免费托儿场所,让其父母有机会独处、消化自己的情绪,并暂时解除看管幼儿的压力与职责。这也是最终现实的心理复建途径。

(三) 学龄前儿童

学龄前期儿童不但会因灾难经历有退行行为产生,而且会

对灾难与死亡有神奇的解释。有些孩子可能会觉得是因为自己不乖，或者在灾难发生前刚好曾经做错了事，所以害得亲人遇难。皮亚杰笔下对学龄前儿童的描述，曾称他们会有 Finalism 之因果推理，相信所有事物的发生必然有直接原因且皆非意外或随机产生。如果孩子相信了灾难的原因是对他的惩罚，他可能就会相信，自己犯下了天大的错误因而遭此重谴。内疚感的充斥，可能将导致他在至少数年之内都不敢再尝试任何新的思维与行为。因此在灾后，对这个阶段的儿童，不但要忍受、接纳其退行行为，让他重新对环境产生信任，更应该坚持让孩子保持正常作息、料理自己的日常生活起居，让他从这些基本的生活能力中寻回自主性与自我肯定。也要倾听孩子对于灾难事件的重述，供给孩子可以演出灾难现场的游戏道具。孩子推理方式的错误反映了他们认知能力的不足，干预者应接纳孩子的情绪，向他保证灾难绝非因他而起。

此年龄层的儿童对他们身边赖以维持生命的安全世界遭受破坏，会显得特别敏感，反应也极脆弱，他们通常无法有效地用语言来表达自身的需求，而期待身边亲近的大人给予积极和适当的安慰。我们建议可以进行以下一些活动，以不断经历"再保证"的过程，来重建儿童的安全感与自我效能感：

1. 提供他们足够的玩具、道具，鼓励他们将以玩耍的方式重建在灾难中的经验与观察。可以就地取材，不需拘泥于真实的玩具，随处可见的石头、沙子、玩偶皆可以替代。

2. 多给予孩子身体的拥抱与接触，或提供需相互碰触的团体游戏等。

3. 鼓励孩子绘画。最好提供一张大墙报纸，让孩子们集体在纸面上尽情表达他们的感受，之后再团体分享。需要提醒的是，此时要鼓励孩子画出具体的人物和场景。

4. 孩子此时的胃口可能并不好，建议以多餐的方式为他们提供营养，以使其生理与情绪保持稳定。

5. 用一些不具威胁性或低威胁性的活动来鼓励他们来玩保护自己的游戏,如"假如怕狗狗的小英碰到一只狗狗,她要怎么办?"假如家里突然停电了,要怎么办?"

6. 告知家长,在孩子睡前要多安排一些睡前活动,以建立更高的安全感。

(四) 青少年

青少年是人生发展的重要阶段,生理上和心理上的逐渐成熟,使得他们逐渐有了自己的想法和观点,而又由于其不成熟以及经验不足,面对很多事情都显得束手无策。由于青少年人格尚在形成中,对他们必须采取适当的方式进行心理危机干预;某个方面、某个细节等的处理不当,都会影响到青少年学生心理危机干预工作的成效。心理危机干预的方法是最简易的心理治疗方法,如净化倾诉、危机处理(心理支持)、松弛训练、心理教育、减压等。

青少年心理危机干预的步骤:

1. 干预前的准备 确定干预地点、确定干预对象及其分布和数量、制订危机干预实施方案,多方了解所干预的个体情况,制订具体的干预流程和方法。

2. 早期干预 立足教育,重在预防,做好学生心理危机干预工作。学校的班主任和辅导员应对学生进行生命教育,引导学生热爱生活,热爱生命,善待人生;应对学生进行自我意识教育,引导学生正确认识自我,愉快接纳自我,积极发展自我,树立自信,消除自卑。对学生进行危机应对教育,让学生了解什么是危机,人们什么情况下会出现危机,同学们的哪些言行是自杀的前兆,对出现自杀预兆的同学如何进行帮助和干预。

3. 实现及时的心理救助 当青少年学生出现因心理危机引发有伤、自毁等突发事件,心理危机干预的工作人员,应在闻讯后立即赶赴现场,并立即报告给相关部门。各相关部门在接到通知后应派人立即赶到现场,进行紧急援救。可以按照以下的方式进行:接触和参与,倾听与理解应答幸存者,或者以非强迫性的、富于同情心的、助人的方式开始与幸存者接触;安全确认,增进当前的和今后的安全感,提供实际的和情绪的放松;稳定情绪,使在情绪上被压垮或定向力失调的幸存者得到心理平静、恢复定向。愤怒处理技术、哀伤干预技术;释疑解惑,识别出立即需要给予关切和解释的问题,立即给予可能的解释和确认。实际协助提供实际的帮助给幸存者,比如询问目前实际生活中还有什么困难,协助幸存者调整和接受因地震改变了的生活环境及状态,以处理现实的需要和关切。联系支持,帮助幸存者与主要的支持者或其他的支持来源,包括家庭成员、朋友、社区的帮助资源等建立短暂的或长期的联系;提供信息,提供关于应激反应的信息、关于正确应付来减少苦恼和促进适应性功能的信息。

4. 后期跟踪　有的学生在接受心理干预复学后,我们也应对其学习生活进行妥善安排,帮助该生建立良好的支持系统,引导其他同学避免与其发生激烈冲突。同时心理危机干预必须系统化,不能当成孤立事件。在遭遇重大事件时,心理危机干预、个体周围环境和社会工作服务是紧密结合在一起的。

团体辅导示例:

方案设计 1:

辅导对象:9～13 岁儿童,人数 6～10 人。

基本情况:经历大灾难,有些孩子的家人在身边,但家园被毁;有些孩子的亲属中有个别人因灾难死亡或者至今联系不上,下落不明。

设计理念:在辅导之前,要先对孩子们所受的危机情况做一个评估,包括性质评估、程度评估和后果评估。性质评估需要判断是什么性质的危机,是丧失危机还是目击造成的创伤问题。这个团体里面有一些是创伤性问题,有一些则是丧失危机,因此是一个异质团体。主讲人需要顾及到两个方面的情况,但是共同点是他们都需要充分的安全感,需要得到支持、理解、包容和建立信任。因此所有活动要围绕这个共同需要来选择和进行。

设计目的

1. 给儿童创造情感表达的机会,包括愤怒、悲伤和恐惧等。

2. 对儿童所表达的情绪给予充分的理解和支持。

3. 引导他诉说与亲人在一起的经历。

4. 建立团队信任感。

辅导者:一名主讲,两名助手。

道具:帽子或布条、高低不同的椅子凳子、白色的纸、水彩笔、录音机、放松训练专用音乐。

辅导过程与步骤:选择周围干扰比较少的空地或者在比较大的空教室内,让孩子们手拉手围成一个圈,然后坐下来。

1. 通过"名字串联"的活动作自我介绍　活动规则:从最小的孩子开始,先说出自己的名字,如"我叫李晓云",第二个孩子就要先重复第一个孩子的名字,然后说出自己的名字,如"李晓云,许自强";第三个孩子就要先重复前两个孩子的名字,最后说出自己的名字,如"李晓云,许自强,江洪涛"……这样依次下来,每个孩子要边听边用脑子记,轮到自己的时候先依次说出之前全部人的名字,最后说自己。

这个活动很有趣,适合年龄较大的孩子,可以在短时间内记住团队每个人的名字。

2. 小游戏"故事接龙"　游戏规则:主讲人先提供一句话(最好是与灾难的情景相关的),然后从第一个孩子开始,接着这句话往下讲一句话,下一个孩子再接下去讲一句,使这个故事不断扩大延伸。限时 10 分钟,最后要给这个故事设计一个结局。

这个游戏看似与主题无关,但其实是一个投射游戏,孩子们在讲故事的时候会把自己的部分经历投射进去。考虑到这个团队辅导的针对性,最好限定第一句话为与灾难相关的情景,以免偏离主题,例如"那天我在教室里,突然,大地开始晃动",再由孩子们往下接。这个游戏一方面可以活跃团队气氛,另一方面能通过孩子的讲述和对他们的观察,发现需要重点辅导的儿童。

3. 活动"谈谈你的故事"

(1)在上一轮中发现需要重点关注的孩子,比如亲人丧失、目睹惨状、明显情绪不安等,请他们来发言,讲述自己的故事。

(2)对不善言辞的孩子,主讲人可以通过多提问来引导他说。对于丧失亲人的孩子,请他(她)回忆与亲人在一起时的美好时光。

(3)鼓励孩子们宣泄自己的情绪,给他们创造流泪的机会。如果说不出来,也不能流泪,可以使用绘画的方式来表达。

(4)说出自己的故事后,其他孩子要给予支持鼓励。

这一环节的目的在于让儿童进一步宣泄自己的情绪,在"故事接龙"的基础上,更深入地讲述自己的经历和感受。其中引导他说出与亲人在一起时的美好时光,目的在于重新建构他与亲人之间的心理联结。

4. 简单的放松训练和此时此地技术 进行放松的基本步骤是:播放放松训练的专用音乐,让他们选一个最舒服的姿势坐好,闭上眼睛,想象自己在一个鸟语花香的森林里,天上挂着美丽的彩虹,有阳光照在自己身上,小鸟在身边唱着歌,小松鼠在脚边睡着了,远处传来滴答滴答的水声……然后依次放松自己的头部、肩部、手臂、手指、背部、腰部、大腿、小腿、双脚,感觉自己越来越沉重,每一个部位都沉重下来,都放松下来。多重复几次。配合着有规律的呼吸,慢慢地吸气,吸满,腹部鼓起来,再全部呼出去……一起一伏,一起一伏(指导语和具体步骤可以查阅放松训练的相关专业资料)。

这个活动的意图在于控制孩子们的情绪不要过分外溢。在上面的环节中给予孩子们宣泄情感的机会,但是如果不加控制、过度宣泄,可能会造成二次创伤。通过使用放松的方法,让孩子们的情绪平复下来。然后主讲人进行引导,回到此时此地。大家一起讨论我们现在可以做些什么,如何帮助别人等。

5. 小游戏"信任行走"　游戏规则:先选择一条线路,然后使用高低不同的凳子、椅在路上设置障碍物,也可以让团队中的孩子来扮演障碍物,他们可以做出各种姿势固定不动,也可以手拉手形成一扇小门或一座小桥。然后一个孩子被布条或帽子蒙住眼睛,另一个孩子扶着他跨越所有的障碍物,走完全程到达终点才算胜利。带路的孩子只能用语言来引导,不能拉着他走。到达终点后,全体队员欢呼鼓掌以示鼓励。活动时要注意安全性,障碍难度不能设置太高。每一个孩子都要体验当"盲人"和"指路人"的感觉,游戏结束后请每个人谈一下感受。主讲人总结发言,强调"信任"的重要性,并希望团队中的孩子能够成为朋友,在困难的时候互帮互助,互相支持鼓励。让他们相信在大家的共同努力下,一定可以渡过生命中的每一次难关。

这个游戏的目的是培养信任感,增强团体凝聚力,在困难的时候能够相信别人的帮助和集体的力量,也愿意帮助他人,从而减少孤单感、无助感。

方案设计 2:

辅导对象:6～12 岁儿童,人数 8～12 人。

基本情况:因灾难失去了亲人。

设计理念:这是一个高度丧失的团体,所有的孩子都失去了亲人而被集中在一起接受照料和教育。可以说是灾后儿童中心理创伤最大、危机程度最重的群体。对这类孩子的团体心理辅导首先要注意顾及孩子们的心理承受能力,对于敏感话题不能随便轻易触碰,语言要特别小心,避免对孩子造成伤害。所开展的活动既要给他们有情感表露的机会,也不能表露过度造成新的创伤,要把握好度,并且注意流泪孩子们的安抚陪伴工作。另外,孤儿群体容易产生自杀倾向,对此要高度敏感,最好是通过活动让他们能够达成一项生命承诺。

设计目的:

1. 给儿童创造情感表露的机会,但要把握度。

2. 对儿童所表达的情绪给予充分的理解支持。

3. 体验到团队的支持感。

4. 表达思念、使用终结仪式来完结悲伤。

5. 对亲人达成生命承诺。

辅导者:一名主讲,两名助手。

道具:帽子多顶、白色的纸、彩色的信纸一叠、水彩笔或蜡笔多套、签字笔多只、玩偶小公仔多只、塑料桶一只、黄土一桶、订书机、唤起悲伤体验的音乐、录音机。

辅导过程与步骤:选择周围干扰比较少的空地或者在比较大的空教室内,让孩子手拉手围成一个圈,然后坐下来。

1. 自我介绍,小游戏"耳朵鼻子谁是谁?" 游戏规则:先选3名孩子站成一排,当主讲人说口令"鼻子!"的时候,就要用手指耳朵,说口令"耳朵!"的时候,就要用手指鼻子。其他人负责观察谁做错了,做错的和做的最慢的要出来作一下自我介绍,如"我叫柳青,我来自……,今年……岁。"然后其他人一起大声说"柳青,你好!"并一起鼓掌欢迎他加入团体。依次进行,如果最后剩的人多就要加大难度,口令"一只耳朵!"时就要用两只手指鼻子。

这个游戏首先起到"暖场"的作用,其次可以通过自我介绍增强成员的熟悉度和团体感,为后面的活动作准备。

2. 团体活动"玩偶故事秀"

(1)首先在白纸上画上小动物,如猴子、大象、熊猫、兔子、猫、狗、企鹅等。用订书机钉在帽子上面。每顶帽子代表一种动物。

(2)每个孩子都选出一个最适合自己的,或者最喜欢的动物。

(3)把所有的动物收集好,告诉他们来扮演这种小动物,假设它们就是你,那么请你讲讲它们的故事。主讲人做示范,跟孩子们计划要如何说出自己的故事。

(4)在玩偶秀要上演的时候所有的孩子都戴上帽子,遮住眼睛,让他们假装自己在森林里围着营火聊天。

(5)每一个孩子都说出自己的故事,然后得到其他人的支持。

(6)主讲人鼓励动物们尽量把细节讲出来,并且说出他们是如何保护自己的。

(7)讨论一下让动物讲出自己故事的感觉,然后鼓励他们不借用动物来说出自己的故事,其他团队成员给予鼓励和支持。

这个活动主要用来让孩子有创意地表达出自己的创伤故事,并且学习如何从其他团员中得到帮助,适用于创伤或丧失后的儿童心理辅导。

3. 活动"心手相牵"

(1)让孩子们平均分成两组,第一组手拉手围成一个圈,作为内圈;第二组手拉手围成一个圈并把第一个圈围在里面,作为外圈。

(2)内圈的孩子向后转,面对外圈的一个小朋友。互相点头微笑。

(3)按主讲人的口令玩"石头剪刀布"的游戏,面对面的孩子划拳,如果出的拳是一样的,就要互相拥抱一下;如果出的拳不一样,就互相双手紧握一下。

(4)做完一遍后,内圈人顺时针走一步或外圈人逆时针走一步,再进行划拳。依次做5~8轮。

(5)活动完成以后让几个孩子说一下自己的感受。主讲人总结。

这个活动主要是通过肢体接触的方式,让每一个孩子感受到团队的支持感和互相扶持、心心相依的温暖体验。

4. "此时此刻,你最想见的人……"　孩子们回到座位坐好,主讲人提问:"孩子们,你们现在最想见的人是谁?为什么最想见他?""你们是因为什么才分开的?""你还记得那天发生了什么吗? 后来呢?"如果团体人数不多,可以请每个孩子都谈一下。孩子们会有真情表露,如女孩子边说边流泪,刚提到亲人就泣不成声,男孩子眼睛都是红红的。主讲人要尤其注意用词,少言语,多触摸,认真倾听,充分共情,做好安抚。

这个环节主要目的是给予儿童表达自己情感的机会,"此时此刻你最想见到的人"这一话题最能引起丧失性群体的情感表露。

5. 活动"埋葬悲伤"

(1)发给每位小朋友一张彩色的信纸和几只水彩笔,告诉他们现在可以把最想对亲人说的话都写下来,给他们写一封信。不会写的字可以用拼音代替。写好以后,还可以在纸上画一幅画,并记得签上自己的名字。

(2)播放舒缓的有悲伤情绪的音乐,低低萦绕。让孩子们安安静静地写写画画,辅导人员不要干扰。

(3)写好后,告诉孩子们把它叠起来,可以叠成任何自己喜欢的形状,发挥自己的创造力。

(4)等全部孩子都写完叠好以后,把装有干净黄土的桶拎到中间来,告诉他们我们手中的信满载着我们对亲人深深的思念,现在我们要把它埋在泥土中,把这份思念和悲伤埋葬起来。每一个孩子都要上来亲手埋,埋好后在桶边闭上眼睛许下一个愿望,然后归队。

这个活动是一种"终结仪式",通过"埋葬"这样一种仪式化的行为,让孩子们把自己悲伤的情绪画一个句号,把对自己亲人的思念和悲痛做一种终结。如果有条件可以不用塑料桶,直接带领孩子们把信埋在大树下面。除了埋葬以外,还可以采用其他的形式,比如放飞气球、漂流纸船、放飞机等。这些活动必须由孩子们从头到尾亲手完成,不能替代。

6. 活动"生命的承诺"　每个孩子发一个小公仔玩偶,告诉他们这就代表你最想见到的人，现在他来到了你的面前，请你想一想，这时候他会对你说些什么呢？可以让孩子们举手发言。

　　总结孩子们的发言，然后让孩子们作出"我们"的承诺，对亲人的承诺，让亲人对"我们"放心。可以一起大声说一些话，比如："我以后不会是一个人！""我以后要和大家一起玩！""我以后要和大家一起上学！""我不会一个人躲在角落里！""我要帮助别的小朋友！""我们互相帮助！""我们在一起！"

　　这个活动，主要是通过孩子自己之口，说出失去的亲人们对他的希望，从而使他珍惜自己的生命，并且明确自己以后要怎么去做。

　　最后，可以通过"松鼠和大树"等小游戏调节团队气氛，给孩子们自我展示和增强自信心的机会。

（杨绍清）

第七讲

矿难幸存者的心理危机干预

一、矿难幸存者的身心反应

矿难发生之后,幸存者会因矿难而产生一些身心反应。作为一个帮助者,了解这些反应除了能适时鼓励他们表达自己的情绪外,也能避免他们压抑自己的想法,造成身心的不适而延长复原的时间。矿难后会经历到的情绪与身体症状,像洪灾、地震、飞机失事等严重的灾难事件,人们历经了一般生活中不会遭遇的危机状况,均会产生一些日常生活中罕见的"正常"反应,有些人会变得冷漠、麻木,对环境与他人少有反应;有些人则会产生许多的情绪反应;还有些人会出现不舒服的身体症状。这些情绪反应与身体症状包括:

(一)情绪反应

1. **害怕** 如很担心矿难或其他灾难会再发生,害怕自己或亲人会受到伤害,害怕只剩下自己一个人,害怕自己崩溃或无法控制自己,无助感,觉得人们是多么脆弱,不堪一击,不知道将来该怎么办,感觉前途茫茫。

2. 悲伤、罪恶感 为亲人或其他人的死伤感到很难过、很悲痛,觉得没有人可以帮助自己,因为比别人幸运而感觉罪恶。

3. 愤怒 觉得上天怎么对自己这么不公平,灾难救助的动作怎么那么慢,别人根本不知道我的需要。

4. 重复回忆 一直想到逝去的周围的人,心里觉得很空虚,无法想别的事。

5. 失望 不断地期待奇迹出现,却一次一次地失望。

6. 希望 希望更好的生活将会到来。

(二)身体症状

1. 疲倦

2. 发抖或抽筋

3. 失眠

4. 呼吸困难

5. 做噩梦

6. 喉咙及胸部感觉阻塞

7. 心神不宁

8. 恶心

9. 记忆力减退

10. 肌肉疼痛(包括头、颈、背痛)

其他:还可能出现注意力不集中,眩晕、头昏眼花,心跳突然加快,反胃、腹泻等症状。

二、与矿难相关的心理障碍

常见的心理障碍有急性应激障碍、创伤后应激障碍和适应性障碍。

(一)急性应激障碍

急性应激障碍为一种在强烈的应激源作用下而发生的一过性精神障碍。

矿难或其他灾难突如其来,且个体难以承受的创伤性体验,对生命具有严重威胁的事件和灾难。如以往无其他明显精神障碍及各种缺陷的个体,可以数小时或数天内缓解。

(二) 创伤后应激障碍(PTSD)

创伤后应激障碍是一种与遭遇到威胁性或灾难性心理创伤有关,并延迟出现或长期持续的精神障碍。这类事件几乎能使人产生弥漫性痛苦(如矿难、目睹他人惨死)。患者常出现创伤性体验的反复重现、持续的警觉性增高、持续的回避等。发生的危险因素有:有精神疾病的家族史和既往史,早期或童年存在严重心理创伤,某些人格特质,持续或叠加的生活事件,社会支持系统不良及躯体健康状况欠佳等。

创伤后应激障碍的治疗有一定难度,虽然大多数患者可痊愈,但约有 15%患者的病情持续多年,或转变为持久的人格改变,在周年纪念日时有较高的波动和复发几率。

(三) 适应性障碍

适应障碍是一种出现于矿难之后,产生以烦恼、抑郁等为主的情绪障碍、适应不良的行为障碍或生理功能障碍,同时伴社会功能受损的异常状态。

矿难发生之后容易引起的可能是前两种应激障碍。但是矿难后生活重建毕竟是一个较长的过程,是否会发生适应障碍与个体的性格缺陷、应对及防御方式掌握和使用不当或存在缺陷、社会适应能力不强等有很大关系。适应性障碍多数随着时过境迁,应激源的消除或经过调整形成了新的适应,精神障碍随之缓解。

三、瓦斯爆炸矿难中幸存者的心理健康状况研究

研究对象为 2005 年四川攀枝花市"5·12"矿难幸存者,结果发现:矿难发生第一周研究组症状自评量表(SCL-90)躯体

化、强迫症状、抑郁、焦虑、恐怖、精神病性因子分及抑郁自评量表（CES-D）、焦虑自评量表（SAS）总均分均高于对照组，差异有显著性。矿难发生后第四周研究组经过综合治疗（包括支持性心理治疗）患者的心理问题如躯体化、强迫症状、抑郁、焦虑、恐怖等较矿难发生第一周内明显减轻，差异具有显著性。其CES-D、SAS总均分也明显下降，差异有显著性。矿难发生后第四周研究组除强迫和恐怖因子分仍明显高于对照组外，其余SCL-90各因子分及CES2D，SAS总均分均与对照组相仿，差异无显著性。

在该项研究中，多数农民矿工的心理创伤在较短时间内就能得到康复，估计与下列因素相关：第一，矿工家庭物质生活水平较低、生存环境相对恶劣；根据马斯洛的需要层次论，矿工们所追求的主要是全家人生存的基本需要，即吃穿用。心理上与物质上的安全保障属于第二层次的安全需要，他们可能并不重视。第二，尽管矿工们所经历的精神刺激强度较大，但毕竟死伤者与自己的关系并不十分亲密，只有极少数造成伤残后果的矿工除外。第三，政府部门和矿工在灾难发生后的关心和对他们一定数额的经济补偿以及医护人员对他们所进行的一些处理，包括支持性心理治疗等。在本研究中未发现诊断满足创伤后应激障碍的患者，分析其原因可能与研究者均为成年男性，多数患者长期在煤矿工作，不止一次地了解到有关瓦斯爆炸的情况等有关；当然也可能与本研究的样本量较小有关。

四、"7·29"矿难幸存者心理状况初步调查

2007年7月29日河南省陕县支建煤矿发生透水事故，69名矿工被困井下77小时后全部成功获救，该研究的对象来自这69名幸存者。其中48人完成了随访检查。

本研究表明：受教育程度、既往创伤经历及精神障碍家族阳性史与PTSD存在相关，提示及早对高危人群干预具有重要意

义。本次调查结果显示，PTSD 组饮食睡眠、精神病性等因子分明显高于非 PTSD 组，这些因子对受创伤人群针对性干预具有一定指导价值。创伤前人格特点被认为是 PTSD 重要的危险因素之一，本研究表明，PTSD 组艾森克人格测验（EPQ）人格特性为内向、神经质，与既往研究结论一致。

五、矿难后创伤后应激障碍流行病学及神经影像学研究

该研究调查了矿难后 2 个月及 10 个月创伤后 PTSD 的发生率及相关因素。该研究认为：矿难后 PTSD 的发病率高、症状严重，对幸存矿工的心理及职业影响很大，需要及时干预与治疗。状态焦虑、矿难后恢复上班晚、神经质、矿难发生时所在位置最危险、井下工龄短是 PTSD 发生的危险因素。积极应对是 PTSD 恢复的积极因素之一。

本研究还探索了急性重性 PTSD（矿难后 2 个月）的脑功能和脑结构特点，研究在 PTSD 神经环路发挥重要作用的脑机制。研究结果表明，PTSD 急性期已存在脑功能、脑结构改变及记忆功能损害。主要的脑区在前额叶及海马部位。通过纵向比较可以看出 PTSD 患者脑功能及脑结构也发生了变化，一些脑区功能恢复，而有些脑区功能未恢复，甚至功能进一步下降。创伤对于 PTSD 患者的影响是长期的。

六、对矿难幸存者的心理干预技术——心理急救

矿难后心理危机干预就是向矿难幸存者提供快速的心理支持，具体目标依次有：

1. 稳定痛苦的症状/体征（表现）。
2. 缓解痛苦的症状/体征（表现）。
3. 恢复功能（正常的生活和工作）。

4. 如果危机干预后,依然无法使其恢复正常的功能,则需要转诊或随访这些个体,以获得进一步的支持或治疗。

由于危机干预处理的是幸存者在矿难后出现的、超出其日常应付能力的正常应激反应和困难,因此危机干预就是使处于危机中的个体重新获得心理平衡,让其至少恢复到危机发生前的功能水平。危机干预实际上是一种二级预防,预防严重心理问题或适应不良行为的发生,如 PTSD、抑郁、焦虑、酒精滥用或依赖、药物滥用或依赖、自杀或他杀等。矿难后急性期处理的是创伤,而不是治疗创伤后应激障碍;应用的技术是干预而非治疗;干预技术的提供者为专业人员或受过培训的非专业人员;干预的对象为矿难后幸存者。常用的危机干预技术有面向矿难幸存者的心理急救(psychological rescue or first aid)。心理急救面向的是矿难后幸存者,开展的是一种即刻有效的心理干预。美国国家 PTSD 中心认为心理急救仅适用于灾难发生后的几小时到几天,干预人员与幸存者往往仅有一次接触;而灾难发生后的最初几周到几个月,则需要提供心理康复技术(skills for psychological recovery,SPR)。SPR 面对的人群与心理急救相似,即处理正常人群在灾后出现的、个人无法处理的正常应激反应和困难;需要并鼓励与幸存者多次接触,立足于重建和保持实际生活中的功能和人际关系。SPR 由 5 个核心模块组成:问题解决、安排活动、有益的思维方式、社会支持和反应管理,这 5 个模块可以单独或结合在一起使用。

(一)心理急救的概念

1. 什么是心理急救 心理急救是一种以循证为依据的模块式干预方法,用以帮助减轻灾难性事件所导致的初期痛苦并促进其短期和长期的功能适应。它以幸存者的长处、优势或资源为出发点,结合其受教育水平,正常化其灾后的感受,帮助他重建社会支持,尽量避免给他贴上患有某一精神疾病的标签。

2. 心理急救的优点 心理急救,包括基本的信息收集技术,能帮助救援者迅速估计幸存者目前关注的事和他们的需要,并通过灵活的方式实施心理支持。

心理急救依赖于经过实地检验的,有证据支持的措施,这些措施适用于各种灾难环境。

心理急救强调对不同年龄和社会背景的人,要采用适当干预的方式,强调循序渐进和尊重(不同)文化。心理急救包括分发资料,提供康复过程中的重要信息。

3. 心理急救的基本目的

(1)以不冒昧的、富有同情心的方式建立人与人的联系。

(2)加强即时和持续的安全性,提供身体和精神上的安慰。

(3)安定和引导受到极大精神刺激的心神狂乱的幸存者。

(4)让幸存者对你说出他们目前的需要和担心的具体事情,用适当方式收集其他信息。

(5)提供实际的帮助和信息,帮助幸存者说出他们目前的需要和担心的事情。

(6)尽快使幸存者与社会支持网络建立联系,包括家庭成员、朋友、邻居和社会救助资源。

(7)促进幸存者提高适应力,认识到自己适应矿难的能力和优势,给他们力量;鼓励家庭成员在康复中扮演积极的角色。

(8)提供帮助幸存者积极处理矿难带来的精神影响的信息。

(9)清楚你的作用(在适当时候)为幸存者联系另外一个地方康复机构,精神健康服务,公共部门的服务和其他组织。

4. 提供心理急救的专业行为要求

(1)只在被授权的灾难救援组织中进行。

(2)树立健康的救援者形象:镇静,有礼貌,有组织,乐于助人。

(3)标志明显,并能够随时联系上。

(4)适当地保守秘密。

(5)在你专业知识范围做指定的事。

(6)当幸存者所需超出你专业知识时,适当求助别人。

(7)了解并理解文化差异。

(8)注意自身心理和生理反应,照顾好自己。

5. 提供心理急救的指南

(1)首先礼貌的观察,不要贸然闯入他的精神领域中。然后问一些简单并尊重的话语以确定如何进行帮助。

(2)进行交流的最好方式常常是为幸存者提供实际的帮助(食物、水、毛毯)。

(3)只有在你已经观察好幸存者和家人的具体情况,并确定你们的介入不会造成侵扰时,再进行最初的交流。

(4)做好幸存者可能拒绝你或者过分依赖你的准备。

(5)镇静地说话,有耐心,有回应,感同身受。

(6)慢慢地说话,用简单而具体的形式;不要使用缩略语或者专业术语。

(7)如果幸存者想要说话,作好倾听的准备。当倾听时,注意他们想要告诉你什么,以及需要你如何帮助他们。

(8)积极回应幸存者为寻求安全而做的努力。

(9)针对幸存者自己即刻的目标提供帮助信息,有必要时重复地澄清答案。

(10)为幸存者提供准确的并适合其年龄水平的信息。

(11)当通过翻译员进行交流时,看着你要帮助的人并对他说,而不是对着翻译。

(12)记住心里急救的目的是为了减少悲伤,满足其当前需要,以及提高其适应力,而不是引导他讲出创伤的经历和损失。

6. 需要避免的一些行为

(1)不要对幸存者的经历或遭遇作出假设。

(2)不要认为每个暴露于灾难的人都会受到创伤。

(3)不要轻易认为是病。大多数严重反应在经历灾难后的人身上都是可以理解和可以想象的。不要把这些反应贴上诸如"症状""诊断""状态""病情"的标签。

（4）不要以高高在上或保护的心态对待幸存者，或者是过分关注他的无助感、弱点、错误或伤残。而应该关注他在灾难时和目前做了什么有效或者对他人有帮助的行为。

（5）不要认为所有幸存者都想讲述或者需要向你讲述。通常身体上支持和平静可以帮助幸存者感觉更安全，更有应对能力。

（6）不要询问事情的细节。

（7）不要推测或提供可能不准确的信息。如果你不能回答幸存者提出的问题，尽最大可能去了解事实。

（二）心理急救前的准备

作为矿难后协助团体，心理急救成员必须了解此次矿难的性质，目前状况和需要救济与支持者的类型。

1. 准备 计划和筹备对于心理急救人员来说是相当重要的。对有关人员进行最新的矿难心理干预指挥体系相关知识的培训是开展救灾工作的关键。在工作中，您有可能要面对老年人和一些特殊人群，这都需要额外的更深入的知识。在决定是否参加救灾工作时，应该考虑到参与这类工作是否会感到不适，还应考虑目前的健康状况，家庭和工作环境，以及是否做好了适当的自我照顾的准备。

2. 进入现场 心理急救是从救灾工作人员进驻灾后紧急避难设施开始的。成功进入现场，包括在功能和职责明确的被授权的矿难事件指挥系统（ICS）内工作。心理干预组织人与授权管理这一矿难的组织建立良好的沟通和协作关系十分必要。有效的进入还包括尽可能多地学习该场所的有关知识，比如领导、组织、政策和程序、安全和所能提供的服务。对于可能发生什么事，有哪些设施，这些设施在哪里，您都需要掌握准确的信息。要尽快搜集到这些信息，因为提供此类信息往往是减轻痛苦和促进应对的关键。

3. 提供服务 心理急救常在一些指定区域提供。在另外一些环境下,心理救助者们在场地中走动,寻找那些需要帮助的人,注意观察场地里人们的反应和互动。那些表现出剧烈的痛苦的人很有可能需要协助。他们包括:失去判断能力者;思维混乱者;疯狂或激动者;恐慌者;极度孤僻,淡漠或"自闭"者;极度暴躁或愤怒者;过分焦虑者。

4. 小组设置 当各小组开会时,应注意以下几点:

(1)根据小组共同需要和关心的问题进行针对性的讨论。

(2)集中讨论目前存在问题的解决方法和应对策略。

(3)不要将讨论陷入各种抱怨之中。

(4)如果某个人需要进一步的支持,要经过小组讨论之后再满足他/她的要求。

5. 保持平静的状态 人们往往会通过别人对事情反应来得到某些线索。您所表现出的冷静和清晰的思维可以使幸存者觉得他们可以依赖您。即使他们心里并不觉得平静、安全、有效,或者有希望,但他们仍会听从您的指挥并保持高度集中。虽然他们仍在试图处理所发生的事情以及解决当前迫切的问题,但他们往往不抱有什么希望,此时心理急救工作者就要给他们做好心里充满希望的典范。

6. 对文化和多元性保持敏感 心理急救工作者必须对文化、民族、宗教、种族和语言的多元性保持敏感。决定是否提供支持或服务之前,您首先应该了解自己的价值观和偏见及其对此次援助人群的认可程度的影响。文化能力的培训可以促进这种意识,帮助人们维持或重建他们的习俗,传统,礼仪,家庭结构,性别角色和社会保障对于幸存者应对灾难造成的影响帮助是非常重要的。可以在了解当地文化团体的社区文化领导人的协助下,收集被救助团体的相关信息,包括他们表现出来的情绪和其他心理反应,对政府机构的态度,对咨询服务的接受程度等。

（三）心理急救核心行动

这些心理急救的核心行动制订了事件发生后几天或几周内的早期救援的基本目标。救助者应灵活掌握，并根据每个幸存者的特殊需要和相关需要制订每一核心行动进行的时间计划。

1. 联系和接触

（1）目标：以一种非插入性的，富有同情心的，有帮助性的态度回应幸存者的接触或者发起接触。

心理救援人员与某一幸存者的首次接触是非常重要的。如果此次接触是以一种尊重、同情的方式进行，您就可以与该幸存者建立起有效的帮助关系，并且可以让他更易接受进一步的帮助。最先做的应该是回应幸存者向您提出的要求。如果同时有很多人向您求助，应该尽您所能接触更多的人。对那些感到备受打击和困惑的人来说，即使是一个简单的关照和平静的关注都是一种帮助。

（2）文化上须注意：对于不同个体、不同文化背景以及不同社会团体来说，能够接受的适当的身体或私人接触类型是不同的；例如身体距离的远近，目光接触的多少，是否碰触对方，这些都相当重要。除非您和幸存者的文化背景相同，否则不要与其靠得太近，也不要长时间地盯着对方的眼睛，更不要触摸对方。您可以通过某些线索发现这个幸存者所需的"个人空间"有多大，还可以请团体中了解地域文化的人给予文化规范方面的指导。

一些幸存者可能不会向您寻求帮助，但他们也可以在您的援助下受益。当您遇到这样的人，时间是很重要的，请不要中断谈话。不要认为对方会立即对您的行为作出积极的反应；要让这些幸存者或痛失亲友的人们获得某种程度的安全感、信任感和自信心，可能要花上一段时间。如果个别人拒绝您的帮助，请尊重他/她的决定，并向他/她说明，如果以后需要，无论何时何地，心理急救都会为他们提供帮助。

（3）介绍自己/询问相关的迫切需求：您要向对方介绍自己的姓名、职称，并说明您的身份。先要征得对方的允许，再进一步解释你想帮助他/她。除非得到对方允许，否则请称呼成年幸存者的姓氏。邀请他/她坐下，设法确保谈话在某种程度上的私密性，并做到全神贯注。讲话语气要温和而平静，不要东张西望或者心不在焉。要发现是否存在某些紧迫的问题需要立即加以关注；涉及即刻医疗的问题应该最先解决。

（4）保密：保护与您交谈的成人的隐私是很具有挑战性的，特别是在那些缺乏私密空间的灾后设施中交谈的时候。然而在与幸存者或受灾者谈话的过程中保持最高程度的私密性是非常重要的。如果您对发布信息有任何疑问，请与您的上级或主管官员讨论。同事交流在工作中遇到的各种挑战是十分有帮助的，但是任何形式的讨论都需要严格保密。

2. 安全和舒适

（1）目标：提高幸存者即时的、持续的安全感，并为其提供身体上和情绪上的舒适感。

恢复安全感是在矿难之后一个紧迫的重要目标。增进安全感和给予安慰可减轻痛苦和忧虑。向幸存者提供情感安慰和支持是最重要的救助内容之一。

提供安慰和安全的方式有许多，包括为幸存者提供以下帮助：

● 做一些积极的事情（而非消极等待）、实用的事情（利用可利用的资源）和熟悉的事情（根据既往经验）。

● 获取当前的、准确的、最新的信息，而避免接触不准确的或者特别令人不安的信息。

● 可利用的实用资源建立联系。

● 获取有关救灾人员如何使灾情变得越来越安全的信息。

● 要其他有类似经历的人建立联系。

（2）保证当前人的安全：最大限度地保证幸存者的人身安

全,必要时重新布置其安身之处,以增加人身安全和情感安全。

要为老年和残疾的幸存者提供安全和安慰,您可以:

● 协助他们使自然环境更安全(例如保证充足的照明,防止滑倒、绊倒或跌倒)。

● 特别询问他是否需要眼镜、助听器、轮椅、助步器、拐杖或者其他用具。尽量保证幸存者随时得到所有这些必需的帮助。

● 询问幸存者是否需要保健方面或日常活动的帮助(例如协助穿衣、洗浴、梳洗、吃饭)。

● 询问幸存者,目前有无药物治疗方面的需要。询问他有没有目前所服药物的清单或者从何处可以获得这条信息,并确保他在灾难后期有一份容易辨认的药物清单。

● 考虑保存一份有特殊需要的幸存者的名单,以便经常核查他们的情况。

● 如果可以的话,与幸存者的亲属联系,以进一步确保幸存者的安全、营养、药品和休息;保证让政府部门知晓所有目前尚未满足的日常需要。

如果幸存者存在需要紧急处理的医疗情况或需要立即用药,应立即联系相关单位的领导或医学专业人员。在你获得必要的医疗援助之前,你要陪伴着他或者找其他人陪伴他。其他安全方面的担忧包括:

伤害自己或他人的危险——寻找幸存者可能伤害自己或他人的征象(例如幸存者对自己或他人表达强烈的愤怒;表现极度的激越)。如果有这种危险,要立即寻求医疗救助、急救医疗队(EMT)或者安全保障小组来控制和治疗。

休克——如果幸存者出现休克的征象(皮肤苍白、湿冷,脉搏快而弱,头晕、呼吸不规则、目光呆滞、无法交谈、大小便失禁、躁动不安、激越或意识模糊),应立即寻求医疗救助。

(3)提供有关应对矿难的行动和服务的信息:为了帮助幸存者再定向和提供安慰,要提供下面的信息:

● 下一步做什么。

● 正在采取哪些行动来帮助他们。

● 目前所了解的事件真相。

● 可以利用的服务。

● 常见的应激反应。

● 自我照料、家庭照料以及应对方法。

在提供这些信息时：

● 根据你的判断来决定是否提供以及何时提供相关信息。幸存者能否理解你在说什么，他是否已经作好心理准备来听这条信息的内容。

● 解决当前所需和关切的问题以减轻恐惧，回答迫切的问题，对适应性应对行为给予支持。

● 使用清晰简洁的语言，避免使用专业技术术语。

询问幸存者对于接下来会发生什么有什么疑问，对那些他们能够预料到的事情给予简单而准确的回答。同时询问他有没有什么特殊的需要，而这些特殊需要是政府部门为了作出最好的安置所需要了解的。一定要询问他们对于目前的新环境有没有危险和安全方面的担忧。努力为幸存者提供有关解决这些关切问题的信息。如果你没有确切的信息，不要为了提供保证而去猜测甚至杜撰信息。相反要与他一起制订一个计划，使你和他能够收集到所需的信息。

不轻易向幸存者保证他们是安全的，除非你知道确切的事实性信息显示如此；不要向幸存者保证可以获得什么物品或服务（例如玩具、食物、药物等），除非你知道确切的信息，可以获得这些物品或者服务。但是确实要根据你所了解的当前情况来解决安全担忧的问题。

（4）关注身体舒适：寻找简单的方法使身体所处的环境更为舒适。如有可能，可考虑温度、光线、空气质量、家具的使用及摆放等方面。为了减少无助感和依赖感，鼓励幸存者参与获取舒适所需的物品(例如和他一起走到供应区而不是帮他取回供应品);帮助幸存者安慰自己及他们周围的人。在帮助老年人或残疾人时,要留意可能增加他们的应激易感性或加重病情的因素。

(5)促进社交活动:适当的时候,为幸存者参与小组互动或社交互动提供帮助。一般来讲,接触那些已经充分应对灾后处境的人,会让人得到慰藉,感到安心。另一方面,接触那些表现非常激越和情绪崩溃的人,会让人感到不安。如果幸存者听到了令人不安的消息或者谣言,要帮助他们澄清和更正错误的信息。

在适当的时候,鼓励那些应对良好的幸存者去与感到痛苦或者应对不好的幸存者谈话。让他们相信,与别人谈话,尤其是谈一些大家共有的话题(例如来自邻近的地方、有差不多大的孩子),有助于他们相互帮助;这往往能够减轻双方的孤立感和无助感。

(6)避免增加创伤体验及避开创伤记忆提醒物:除了保证幸存者身体安全之外,防止他们暴露于不必要的额外精神创伤以及创伤记忆提醒物也同样重要,其中包括看见、听到、闻到那些令人恐惧的事物。帮助保护他们的隐私,帮助他们避开记者或其他媒体工作人员、旁观者及律师。告诉他们,他们可以拒绝媒体采访,如果他们希望接受采访,身边应该有一位可信赖的人陪同。

如果幸存者可以接触到媒体报道(例如电视或者电台广播),要向他们指出过多地看这些报道会令人相当难受。

3. 稳定(如果需要)　多数遭受过矿难的个体是不需要"特别"稳定的情绪的。强烈甚至无声的情绪表达(例如麻木、冷漠、精神恍惚或慌乱)都在意料之中,这并不需要超出正常的援助性接触之外的干预。强烈、麻木或焦虑的情绪是遭遇创伤性事件压力时所作出的正常、健康的反应,然而极其高强度的唤醒状态、麻木或者高度焦虑都可能影响睡眠、饮食、决策、子女教育以及人生中的其他事件。对那些反应强烈、持久以至于严重影响实现正常功能的幸存者,应考虑实施以下心理援助:

(1)稳定情绪崩溃的幸存者:观察这些情绪崩溃或精神紊乱的个体的表现:

◎ 目光呆滞、空洞且无方向感。

◎ 对语言提问或者要求无反应。

◎ 定向障碍(例如无目标、无组织的行为)。

◎ 出现强烈的情绪反应、无法控制的哭喊、换气过度、精神动摇或退缩行为。

◎ 出现无法控制的生理反应(摇晃、颤抖)。

◎ 出现狂乱的搜寻行为。

◎ 感到焦虑无法承受。

◎ 热衷于冒险行动。

如果有人过于烦躁、激动、退缩、语言混乱或表现出极度焦虑、恐惧、惊慌,请考虑:

◎ 此人独自生活还是有家人和朋友陪伴,得到答案后,将这些人列入需要安抚的名单。你可能需要将他带到一个安静的地方或者在他家人和朋友的陪护下与他轻声交谈。

◎ 此人有着怎样的体验,他/她哭泣、惊恐吗? 他/她正在体验"往事重现"或是想象着某件事情正在重新发生吗? 实施干预时,应针对此人最主要、最直接的顾虑或困难,而不是简单地说服此人"平静下来"或要其"感到安全"(这两种方法可能收效甚微)。

一般来说,下述步骤能够帮助稳定大多数痛苦个体的情绪:

◎ 尊重个人隐私,在你进行干预之前给他几分钟时间准备。告诉他/她,如果需要,随时可以找你,或者几分钟之后你会再次联系他/她,了解他/她的情况,询问他/她是否需要帮助。

◎ 保持镇静、从容:不要尝试直接与个人进行直接对话,因为这会导致他/她在认知或情感上的超负荷。给他/她几分钟，让其平静下来，而你仅需要做的是在这期间能够随时被找到。

◎ 当你同其他的幸存者交谈、做一些文书或从事其他任务时，站得离他近一些，以保证他需要或希望接受进一步帮助时，能找到你。

◎ 提供支持，并帮助他关注特定的容易管理的感觉、思维和目标。

◎ 提供能够使他适应周围环境的信息，例如周围环境是如何组织起来的，将会发生什么事情，以及他/她可能考虑到的步骤。

（2）使情绪崩溃的幸存者在情绪上适应：用下述要点帮助幸存者理解自己的反应：

◎ 强烈的情感会呈波浪状产生和消失。

◎ 骇人听闻的经历可能会引发身体内部强烈的通常是令人心烦意乱的"警报"反应，例如震惊。

◎ 有时恢复的最好方法就是花一些时间进行平静的日常活动（例如散步、深呼吸、练习肌肉放松技巧）。

◎ 朋友以及家人是帮助幸存者平静下来的很重要的支持。

若上述步骤似乎都不能使激动者稳定下来，"着陆（grounding）"技术也许有用。你可以这样来引入"着陆"技术：

经历了一次可怕的事件之后，你有时候会发现自己的情绪过于激动，或者不可抑制地回想或想象发生了什么。你可以用"着陆"方法来放松自己的情绪。"着陆"的原理是把你的注意力从你的内心思考转回到外部世界。接下来就是你要做的了……

◎ 一个你觉得舒服的姿势坐着，腿或胳膊不要交叉。

◎ 慢慢地深呼吸。

◎ 看看你的周围，说出5个你能看到的让人不难过的物体。例如"我看见了地板，我看见了一只鞋，我看见了一张桌子，我看见了一把椅子,我看见了一个人。"

◎ 慢慢地深呼吸。

◎ 接下来,说出 5 个你能听到的不让人悲伤的声音。例如"我听到一个女人在说话,我听到了自己的呼吸声,我听到了关门的声音,我听到了打字声,我听到了电话铃声。"

◎ 慢慢地深呼吸。

◎ 接下来,说出 5 个你能感觉到的不让人悲伤的事情。例如"我能用手感觉到这个木质的扶手,我能感觉到我鞋子里面的脚指头,我能感觉到我的背靠在椅子上,我能感觉到在我手里的毛毯,我能感觉到我的双唇紧贴在一起。"

如果这些干预措施不能帮助稳定情绪,那么就要请教心理健康专家或精神科医师进行一些药物治疗。对有视觉、听觉或语言表达障碍的人要调整干预措施。

(3)药物治疗对稳定情绪的作用:大多数情况下,上述稳定幸存者情绪的方法是行得通的。我们不推荐用于急性创伤后应激反应的药物治疗作为达到心理援助目标的常规方法,只有在其他的帮助对个体都没有效果的时候才应该考虑使用药物。对幸存者使用药物治疗时必须有明确的目标(例如帮助睡眠或控制惊恐发作),而且还应在时间上有所限制。当幸存者出现极端激动、焦虑、恐慌以及精神错乱或者对自己对他人都构成威胁时,药物治疗可能是必需的。

必须注意以下几点:

◎ 经历矿难可能会使幸存者先前已有的疾病恶化(例如精神分裂症、抑郁症、焦虑等)。

◎ 一些幸存者身边可能没有他们正在服用的药,或者面临断药的可能。

◎ 幸存者与他们精神科医生的沟通可能面临中断。

◎ 幸存者治疗过程中需要的血液水平监测可能面临中断。

向医生提供下列信息可能会有帮助,包括:

◎（接受治疗者）当前用药清单。

◎当前正在接受的、需要医生适时跟踪的药物治疗。

◎当前使用的处方药、主治医生以及药物剂量信息。

◎幸存者对药物治疗的依赖。

◎（接受治疗者的）药物滥用史以及恢复情况。

◎（接受治疗者）目前的身体和心理健康状况。

若幸存者过于悲伤或慌乱，无法准确报告时，你可以通过其家人和朋友获得关于目前药物治疗情况的更多信息。

4. 信息收集　当前需要的以及相关的资料：

目标：确认幸存者当前的需要与担忧内容，收集其他的信息，制订心理急救干预措施。

在提供心理急救的时候要注意灵活性。应该根据不同的个体和他们的需求调整干预措施。应该收集足够多的信息以便可以调整和优化干预措施以满足他们的需要。在急救的开始阶段和实施急救的整个过程中都要不断收集和确认信息。

要知道在大多数急救场所，你收集信息的能力受到时间、幸存者的需要和其优先顺序以及其他因素的限制。尽管此时要作一个正式的评估是不太适宜的，但你可以询问以下情况：

● 立刻转诊的需要。

● 提供另外服务的需要。

● 提供随后的会谈。

询问和澄清以下问题，可能会特别有用：

1）矿难中创伤经历的性质和严重程度：那些自己经历过直接的生命威胁，或者自己受伤，或者亲眼看见事故或死亡发生的人，他们会比一般人经历更严重或更长时间的痛苦；那些感觉极其恐惧和无助的人可能更难恢复。关于创伤经历你可以这样问：

● 你经历了很多艰难的事情，我能问问你到底发生了什么事吗？

● 矿难发生的时候你在哪里?

● 你受伤了吗?

● 你看见有人受伤了吗?

● 当时你有多害怕?

注意:在澄清矿难经历的时候,要避免询问会引起更深伤痛的问题。在讨论所发生事情的时候,要跟着幸存者的思路走,不要迫使他们回忆任何创伤或丧失的细节。另一方面,如果他们急于讲述个人经历,你要很有礼貌、很尊敬地告诉他们,现在对他们最有帮助的做法就是得到基本信息,这样就能针对他们的需要来提供帮助,作出安排。告诉他们以后会另外安排合适的地点去讨论他们的经历。

要设法为这些具有特殊经历的幸存者提供灾后反应和应对信息,提供随后的会谈。为那些受伤的人安排适当的医疗会诊。

2)身体疾病、心理状况和求治需求:原先的身体和心理疾病以及求治需求是矿难后痛苦产生的另外一个来源。那些之前有过心理问题的人可能会有更严重和更长时间的体验以及灾难后反应,所以要优先关注他们的身体和心理状况。你可以这样问:

● 你有什么内科疾病或心理问题需要治疗吗?

● 你有需要但没有得到的药物吗?

● 需要给你开处方吗?

针对这些有身体和心理疾病的人,可以给他们实际的帮助;以使他们得到药物治疗或身体上的帮助。

3)极度内疚和羞愧感:极度的负面情绪会使人感到痛苦、艰难和压力,他们对于开口谈论他们的感受感到羞愧。要仔细倾听他们的谈话,发现内疚感和羞愧感的迹象。为进一步澄清,你可以这样说:

● 听起来对于所发生的事情你好像很责怪自己。

● 好像你觉得你应该可以做得更多。

针对这些有内疚感和羞愧感的人,可以提供情绪安慰以及关于情绪应对的信息。这些内容可以在"应对信息"这部分中找到。

4)伤害自己或他人的念头:首先要弄清楚一个人是否有伤害自己或他人的念头。为了弄清楚这些,你可以这样问:

● 发生这样的事情有时是难以承受的,你是否有伤害自己的念头?

● 你是否有伤害别人的念头?

针对有这样想法的人,要立刻给他们提供治疗或心理援助。如果幸存者已经处于伤害自己或其他人的危险之中,在工作人员到场前或有妥善安排前不要离开他/她。

5)社会支持的可能性:家庭、朋友以及社会的支持能大大提高处理痛苦和灾后不幸的能力。询问社会支持时,你可以这样问:

● 矿难发生后,当你面临问题的时候你的家人、朋友、矿区机构能给你提供帮助吗?

对于那些缺乏足够社会支持的人群,要帮助他们取得可利用的资源和服务,为他们提供关于应对和社会支持的信息,并且提供随后的会谈。

注意:为了弄清楚幸存者是否有物质滥用史、创伤或丧失史、心理疾患史,心理急救者应对幸存者当前的需要保持高度敏感。如果不合适就要避免询问过去的情况,但应避免要求他们作深入描述。如果要问就要给出明确的理由(例如"有时此类事情可以使人回忆起过去糟糕的岁月""有时那些使用酒精解决问题的人遇到这样的事情后往往会喝得更厉害")。

6)饮酒史或药物滥用史:经历创伤或灾难会增加个体药物滥用的几率,或者重新开始应用,或者导致新的应用。你可以这样问:

● 矿难发生后你的饮酒量、药物处方量、药物使用量有无增加?

● 过去你有酒精或药物依赖的问题吗?

● 你最近出现过药物依赖后的戒断症状吗？

针对那些有潜在的物质滥用问题的人，提供给他们关于应对、社会支持、如何取得适当服务的信息，并且提供随后的会谈。对那些出现戒断症状的人，提供转诊治疗。

7)创伤史或丧失史：那些曾经有过创伤经历或亲人死亡经历的个体可能在灾难后会有更严重的持续反应，需要更长的时间从哀伤中摆脱出来。收集关于创伤史的信息时，你可以这样问：

● 有时像这样的事件会使人想起过去糟糕的岁月，你以前经历过灾难性事件吗？

● 过去你经历过其他不好的事情吗？

● 有没有和你关系很亲密的人去世？

针对过去有创伤和丧失经历的人，要为他们提供有关灾难后和哀伤反应，以及应对和社会支持的信息，并安排随后的会谈。

8)对于发展影响的特殊担忧：当矿难或其结果影响到今后的生活，包括一些重要的发展性生活事件（生日、结婚、工作）时，幸存者就会非常不安。收集这方面信息时，你可以这样问：

● 有没有任何接下来的特殊事情被发生的矿难打断？

针对这些有持续担心的人群，需要给他们提供有关应对的信息，给他们一些实践策略上的帮助。为了确保不漏掉任何重要的信息，你还可以用开放式的问题提问：

● 还有没有我们没有说到但却是你关心的事情？

如果幸存者承认有很多担心的事情，那么你应对这些事情做个概括，找出哪些是最迫切需要解决的与幸存者一起对其担忧的事情做一个优先顺序的排列。

5. 实际援助

(1)目标：为幸存者提供急需的和相关的实际帮助。

在经历了灾难和逆境后,人们常会有失去希望的感觉和情绪。能比较成功地渡过难关的人常有以下特征中的一个或几个:

◎ 乐观主义者(因为他们对未来抱有希望)。

◎ 坚信生活是可预测和可把握的。

◎ 相信只要努力结果就不会太坏。

◎ 相信大家会努力使事情往好的方面发展(例如社会组织及政府的努力)。

◎ 坚强的信念。

◎ 正面的信念(例如"我向来比较幸运,事情一定会变好的")。

◎ 有可依赖的资源,例如房子、工作和积蓄。

提供人们所需的东西可以让他们增加信心、希望和恢复尊严。因此协助幸存者对付当前或预期的问题是心理急救的一个核心组成部分。幸存者可能会更欢迎一个能解决问题的实际帮助。

在整个心理急救过程中应该随时讨论最迫切的需求,要尽可能多地满足幸存者所认定的需求。在压力和逆境中,解决问题相对较为困难。让幸存者树立可以实现的目标可能会扭转无法应付和失败的感觉,帮他/她实现多次重复的成功经历,并帮助增强把握局面的信心,从而成功地从灾难的打击中恢复过来。

(2)有效的帮助可以包含以下四个步骤

步骤1:确认最紧急的需求

如果幸存者已经确认了几个需求或所关注的事情,那么有必要确认最紧急的需求。对于某些需求,比如需要吃东西、打电话让家人放心这样的事情,需要立即得到解决。

步骤2:澄清证实需求

和幸存者交谈以便把问题具体化。如果问题得到理解和澄清,那将更容易确定那些能够采取的实际措施。

步骤 3：讨论行动计划

讨论我们可以做什么以便满足幸存者的需求和所关心的事情。幸存者可能说他/她想完成什么事情或者你能提出一个建议之类的话。如果你知道什么样的事情是可行的，你能帮助获得食物、衣物、住的地方、医疗服务、心理辅导服务，以及捐助与公益服务的机会。根据潜在的资源和支持系统、符合的条件、申请的程序，告诉幸存者哪些是比较现实的期待。

步骤 4：付诸行动，满足需求

帮助幸存者采取行动。例如帮助他/她完成一个所需服务的预约或者是帮助他/她完成文书工作。

6. 与社会支持者们联络

（1）目标：帮助幸存者与初级支持者或其他扶持资源（包括家庭成员、朋友以及社会的救助资源）建立短暂的或持续性的联系。

社会支持关系到人们在矿难发生之后的情绪安定和复原。社会关系较好的人更倾向于参与到为灾难后复原性的支持活动中来（包括接受和给予支持）。社会支持以多种形式出现，包括：

◎ 情感支持：拥抱、倾听、理解、爱、接受。

◎ 社会联系：感觉到你属于这里，与其他人有共同要做的事情，让人们一起分享活动的乐趣。

◎ 感到被需要：感到你对其他人很重要，你是有价值的、有用的、有益的，人们感激你。

◎ 坚信自我价值：让人们帮你对自己和自己的能力保持信心，这样你可以处理你所面对的挑战。

◎ 可靠的支持：让人向你担保，如果你需要他们的时候他们就会在那里，这样你可以获得依赖和帮助。

◎ 建议和提供信息：让人告诉你，你应该怎么做或者为你提供信息或好的建议，让人帮你理解你的反应是正常的。如何积极地处理对于正在发生的事情需要有好的榜样去效仿。

◎ 人力帮助：让人帮你做些事情，例如搬运东西、修理房子或房间，帮你做文书工作。

◎ 物力帮助：让人提供给你一些物资，如食物、衣物、避难所、药物、建筑材料或者钱。

尽可能快地建立联系。帮助幸存者发展和保持社会联系对复原至关重要。这样做的益处有：

◎ 增加了解灾难后复原基本知识的机会。

◎ 一系列社会支持活动的机会，包括：

实用问题的解决。

情感理解和接纳。

分享体验和关怀。

反应正常化。

分享应对策略。

(2)加强与家庭成员和其他重要人物的联系：对大多数幸存者来说，即时的关切就是让他们与其关系最密切的人取得联系(例如配偶/伙伴、孩子、父母、其他家人、好朋友、邻居)。采取现实步骤帮助幸存者联系上这些人(亲人、电话、邮件、网络)。其他的社会支持可能还包括同事和俱乐部会员(如课余俱乐部、桥牌俱乐部、读书俱乐部或者复员退伍军人协会)。有宗教组织的幸存者可能进入有价值的支持网络系统，这有助于他们的复原。

1)鼓励利用即时可用的支持人员：如果个体不能与他们的支持系统取得联系，鼓励他们尽可能地利用即时可用的社会支持资源(例如自己、其他救济工作人员、其他幸存者)，要尊重每个人的喜好。提供阅读材料(例如杂志、报纸、情况说明书)也有一定的帮助。当小组成员来自不同的领域或者团体，帮助他们相互介绍。小组讨论为后来的交谈和社会联系性创立了起点。

2)讨论支持寻求和给予：如果个体不愿意寻求帮助，可能有一些原因，包括：

◎ 不知道自己需要什么（可能觉得别人应该知道）。

◎ 因为需要帮助而感到不好意思或软弱。

◎ 当别人都需要帮助时为自己先得到帮助而感到内疚。

◎ 不知道到哪里可以寻求帮助。

◎ 担心他们可能成为负担或让他人抑郁。

◎ 害怕变得不安而失去控制。

◎ 怀疑帮助是否有用。

◎ 认为没有人能理解他正经历的事。

◎ 试图得到帮助，却发现那里没有帮助（感到失望或者背叛）。

◎ 害怕他们求助的人会愤怒或因为需要帮助而感到内疚。

在帮助幸存者懂得社会支持的价值、懂得联系他人时，你可能需要强调以上的事宜。

对于那些变得离群索居或者孤独的人，可以通过以下方式帮助他们：

◎ 想想最有利的帮助形式。

◎ 想想他们能接近什么人以得到这样的帮助。

◎ 选择正确的时间和地点接近这些人。

◎ 与这些人谈话，并向他/她解释怎样才能有所帮助。

◎ 感谢这些人所花费的时间和提供的帮助。

让幸存者知道灾难过后，有一些人会选择不去谈论他们的经历，花一些时间与他们感到亲近的人在一起而不说话能让他们感觉好一点。

7. 关于应对的资料

（1）目标：提供应激反应和减轻悲痛方面的相关资料并促进幸存者的适应功能。矿难可能令人迷惑、慌乱、不知所措，让幸存者难以胜任去处理他们所面临的问题。不同种类的信息能帮助幸存者处理应激反应并更加有效地应对问题。这样的信息包括：

* 关于还在发展中的事件,目前所知的有什么。

　　* 正在做些什么以援助他们。

　　* 在什么地方、什么时候、什么服务可用。

　　* 灾难后的反应以及如何处理它们。

　　* 自身保健、家庭保健和应对。

　　(2)提供关于应激反应的基本信息:如果适当的话,简要讨论幸存者所体验到的一般应激反应。应激反应可能使人惊恐。一些人会被他们自身的反应吓倒或感到惊恐;一些人可能会用消极方式看待他们的反应(例如"我有什么毛病"或者"我很脆弱")。应当注意避免将幸存者的反应病理化,不要使用"症状"或"障碍"之类的术语。你也可能发现积极的反应,包括欣赏生活、家庭和朋友或精神信仰与社会联结的强化。

　　注意:描述普通应激反应,注意到强烈反应很普遍,但常会随时间的推移而减少,这可能会有帮助,但避免提供"一揽子"、"应激反应会消失"的保证也很重要。这样的保证可能让人对恢复所需时间抱有不切实的期待。

　　(3)讨论对创伤经历和丧失经历常见的心理反应:要对那些有着对创伤经历和丧失经历的幸存者,提供关于普通不适反应的基本心理教育。你可以回顾这些反应,强调它们可以理解,也可以预料到。告诉幸存者,假如这些反应持续干扰他们适当发挥功能的能力超过一个月以上,就应考虑心理服务。以下提供的基本信息可以作为心理第一救助者的概述,以便你能讨论由幸存者灾难后反应而产生出来的问题。

　　有三种类型的创伤后应激反应:

　　1)侵入性反应是创伤体验返回脑中的方式。这些反应包括令人痛苦的对事件的想法或精神意象(如曾经看到的事物以图像呈现),以及关于已发生事件的梦。侵入性反应也包括对引起回忆体验的事物所产生的不安情绪或躯体反应。一些人会感觉或表现出像他们最糟糕的体验又一次全方位发生,这被称为"闪回"。

2)回避和退缩反应是人们用于保持远离侵入性反应或针对侵入性反应作出保护的方式。这些反应包括尽量回避交谈、思考有关创伤事件的感受，回避可引起事件回想的任何事物，包括地点以及同所发生事件相联系的人。情绪可以变得受限，甚至麻木，以对不适作出保护。脱离和疏远他人的感受可引起社会退缩，通常可能会有对令人愉悦的活动丧失兴趣。

3)躯体唤起反应是一些躯体改变，让身体作出反应仿佛危险仍旧存在一般。这些反应包括持续"处在岗哨上"，以防危险，容易受惊吓或惊跳，易激惹或有愤怒爆发，睡眠困难，精神难以集中或注意力分散。

讨论创伤提醒物、丧失提醒物、变化提醒物以及苦难在促进不适中的作用也很有用。

创伤提醒物可以是景象、声音、地点、气味、特定人群、一天的时刻、场面或者感受，如害怕或焦虑。创伤提醒物可能唤起对所发生事件令人难过的想法和感受。例如风声、雨声、直升机、尖叫或叫喊以及当时在场的特定人物。提醒物与事件的特殊类型有关，诸如矿难飓风、地震、水灾、龙卷风或者火。随着时间的推移，对提醒物的回避可能使得人们去做他们平常已做或需要做的事情很艰难。

丧失提醒物也可以是景象、声音、地点、气味、特定人群、一天的时刻、场面或感受。例如包括看见一幅失去的工友画像；见到他们的所有物，如衣服。丧失提醒物让人想起爱人的缺失。对于想念已消失的受难者能再次带来强烈的感受，如悲哀、神经质、对生活的不确定，感到孤单或被抛弃，或无望。丧失提醒物也能引起人们对想做或需要做的事情的延迟。

变化提醒物可以是人、地点、事情、活动或苦难，让某人想起作为灾难的结果，生活怎样改变了。这可以是某样东西，如同清晨在一张与原来不同的床上醒来、上一个不同的矿井，或处在一个不同的位置一样简单。即使好事也可能让一个幸存者回想起生活是如何改变了，并使这个人想念已失去的东西。

苦难常尾随灾难而来，并可能使得恢复更加困难。苦难赋予幸存者另外的旋律，可能促进焦虑、抑郁、易激惹、不确定和躯体耗尽感。苦难的例子包括：家或财产的丧失，缺钱、食物或水，朋友和家庭分离，健康问题，获得对丧失加以补偿的过程，搬迁到一个新矿区，以及娱乐活动的缺乏。

其他反应种类包括哀伤反应、创伤性哀伤、抑郁和躯体反应。

哀伤反应在那些在灾难中幸存却遭受多种丧失的人群中会很普遍，这些丧失包括爱人之死、家、财产、宠物、学校和矿区的丧失。丧失可引起悲哀和愤怒的感受，对死亡的内疚或遗憾，想念或渴望已消失的以及又见到此人的梦。创伤性哀伤反应发生在当孩子和成人经受所爱对象的创伤性死亡时。一些幸存者会保持聚焦在死亡的境况，包括全神贯注于死亡如何能得到预防，最后时刻像什么，以及谁有错。这些反应会干扰哀伤，使得幸存者随时间的推移适应死亡更加困难。

抑郁同延迟性哀伤反应相关联，并同灾难后不幸的累积牢固地联系在一起，包括持久的抑郁或易激惹心境，胃口丧失，睡眠紊乱，在活动中显著减少的兴趣或快感，疲乏或能量丧失，无价值感或内疚，无望感，以及有时关于自杀的想法。

身体反应可普遍得到体验，甚至在缺少任何潜在身体伤害或疾病时也如此。这些反应包括头痛、眩晕、胃痛、肌肉痛、快速心跳、胸部发紧、换气过度、胃口丧失和大便问题。

（4）心理急救者可提供多种方法以有效应对灾后反应和境遇

1）适应性应对行为能帮助人们减轻焦虑、压抑，改善状况，渡过难关。总而言之，有效地应对方式还包括：与他人交谈，寻求帮助；获知需要的信息；获得充足的休息、营养和锻炼；投入分散精力的活动，如运动、爱好、阅读；尽最大可能保持正常的作息规律;告诉自己在一段时间内的不安情绪是正常的;计划令人愉悦的活动;吃健康食物;和他人共处;参加社会援助团体;各种放松方式;安抚、宽慰自己的自我对话;适度运动;寻求专业咨询;写日记;专注于某件能令你立即行动的实事;采用任何一种以前的经验中有效的急救方式。而那些非适应性应对方式不能有效解决相应问题,包括酒精或药物;回避公众活动;回避家人、朋友;超时工作;暴怒;过度自责或是责怪别人;暴饮暴食或者厌食;长时间看电视或玩电子游戏;做一些危险的举动;放任自流,如睡觉、饮食、运动方面。

2)讨论积极与消极的应对方式的目的:帮助幸存者考虑不同的应对策略;识别与承认他们个人自身应对力量;认识不适应的应对方式可能带来的消极后果;鼓励幸存者选择目标导向的应对方式;通过应对和调整,增强自我控制感。

3)讲授简单的放松技巧:呼吸练习可以帮助减轻情绪的高唤起和身体上的紧张。如果经常练习,可以改善睡眠、饮食和身体功能。简单的呼吸练习非常容易学,最佳时机是幸存者平静下来、集中注意力的时候。家庭成员互相督促,有规律地练习也是十分有益的。你可以这样做:

用鼻子慢慢地吸气,每次都舒适自如地让气充满你的肺部并且到达你的腹部。轻轻地温柔地对自己说:"我的身体非常平静。"慢慢地用嘴呼气,每次都舒适自如地把你的肺部和腹部的气完全呼出去,对自己说:"我的身体正在释放张力。"慢慢地重复5次。

如果你发现幸存者以前学过一些放松技术,试着补充和加强他/她已学过的技巧而不是教他/她新的放松技术。

4)对愤怒情绪的处理:高度应激的灾后状态可以使幸存者变得焦躁易怒、难于处理自己的愤怒。下面的做法可能有益:

◎ 向他们说明,愤怒和挫败感是灾后幸存者常见的感受。

◎ 同他们讨论,愤怒会怎样影响他们的生活,比如发脾气就会影响与家人和朋友的关系。

◎ 与之讨论愤怒会怎样强化自己内在的冲突、把别人推开甚至转化为暴力，从而使愤怒的体验向正常转化。

◎ 帮助幸存者认同或接受眼前的变化，使他们容易表达和释放出自己的愤怒。

◎ 对压抑愤怒会导致自我伤害，从而选择远离愤怒或转向建设性活动，会对自己有益进步进行比较。

◎ 强调某些愤怒是正常的甚至是有帮助的，而过度愤怒会削弱他们的能力。

你可以建议对方使用一些愤怒管理技巧，其中包括：

◎ 提示自己"时间到了"或者"冷静"（离开现场并冷静下来，做一会儿别的事情或者张口呼吸）。

◎ 和一个朋友谈谈，是什么让你愤怒。

◎ 用一些体育运动（比如散步、慢跑、俯卧撑）来发泄情绪。

◎ 坚持写笔记，记录你的感觉，以及为了改变你的处境你能够做些什么。

◎ 提醒自己，愤怒不仅得不到想要的东西，还可能危害到生活中重要的关系。

◎ 通过一些积极的活动，比如阅读、祈祷或者冥想、听欢快节奏的音乐、参加一些宗教活动或者成长小组，帮助朋友或者其他有困难的人。

◎ 用一种不同于以往的方式去看待自己的处境，比如从旁观者的角度看看自己，或者找出你过分愤怒的原因。

◎ 如果你是父母或者监护人，当你感到非常愤怒或者容易被激惹的时候，让另外的家庭成员或者其他的成人替你暂时照看小孩。

◎ 孩子和成人都喜欢能够表达情感的活动，比如绘画、写日记、用玩具来生动地表达自己的处境（就是用玩具来进行角色扮演），还可以唱歌。

如果你发现一个怒火满腔的人看来可能失控或者会有暴力行为,立即寻求医疗或者精神科医生的帮助,并且联系安全部门。

5)应对非常负面的情绪:灾难发生之后,幸存者可能会思索引起灾难的原因,他们是如何反应的,以及对将来的把握。

你可以去倾听那些负面的信仰,同时也帮助幸存者用不是那么让人沮丧的方式去看待现在的处境。你可以这样来询问:

◎ 你如何才能用一种不是那么让人难过,并且有建设性的方式来看待现在的处境? 是否有另外不同的方式来考虑。

◎ 如果是你的一个好朋友,他对自己这样说话,你会如何反应? 你会和他说什么? 你能够对自己说这些对他说的话吗?

告诉幸存者,即使他认为自己错了,实际情况也并非如此。如果幸存者可以接受,向他建议一些看待目前处境的可能的方式。帮助他澄清误解、消除谣言的影响,让他看到自己的错觉,这些因素是如何导致过分的焦虑、不必要的负罪感以及羞愧感。

6)应对睡眠困难:矿难之后,睡眠困难是常见的现象。对不利环境和生活的巨变,人们会感到不安,容易在夜间惊醒,以致难以入睡。而睡眠失调会严重影响情绪状态、注意力、决策能力,并可能导致伤害。询问幸存者是否有睡眠问题,以及睡眠的时间安排和睡眠相关的习惯,并帮助他们设法改善睡眠。比如幸存者可以试一下:

◎ 每天定时睡觉,定时起床。

◎ 减少饮酒,因为酒精会造成睡眠失调。

◎ 下午和晚上不饮用含咖啡因的饮料。

◎ 增加定时的身体锻炼,但要注意错开睡觉前的一段时间。

◎ 睡觉前就开始有意让自己放松,可以听舒缓的音乐,冥想,或者祈祷。

◎ 限制白天小睡的时间不超过 15 分钟,并且不在下午 4

点以后小睡。

对于切身相关事情的忧虑，而且这些忧虑每天都被不断地提起，使得人难以安睡。建议对这些忧虑加以讨论。如果能够讨论，并且可以从旁人那里得到支持，那么过了一段时间以后，睡眠就能改善。

7）应对酒精和药物的过量使用：如果出现酒精和其他药物的过量使用应引起注意。

◎ 向幸存者解释，许多人在经历了应激事件之后，常会通过喝酒、用药和毒品来缓解他们的负面情绪。

◎ 让幸存者指出使用酒精和药物来应对的好处和坏处。

◎ 讨论并且共同决定完全不使用或者安全使用酒精和药物的计划。

◎ 讨论行为上的改变会带来能被预期到的困难。

◎ 如果情况适宜并且经得个人同意，可以引荐药物滥用咨询或者戒酒戒毒服务。

◎ 如果幸存者曾经接受过药物依赖治疗，鼓励其在未来的几个星期或一个月内再次寻求并接受药物依赖治疗。

8. 与合作服务伙伴联络　目标是在需要的时候，或者在将来为幸存者联络其所需的能够得到的服务。

1）建立幸存者与协助性服务机构间的直接联系：当你提供资讯的同时也需要询问一下幸存者的需要，以及目前考虑到的急需的其他资讯和服务，保证按其所需为他们建立与这些服务之间的有效联系（例如带幸存者到能够提供服务的机构那里，与当地矿区服务机构预约一个可提供帮助的时间）。以下情景就是需要分工协调的例子：

◎ 需马上关照的急性医疗问题。

◎ 需要马上关照的急性心理卫生问题。

◎ 原本就有的医疗、情绪和行为问题加重了。

◎ 伤害自己或他人的念头。

◎ 关注与饮酒和吸毒有关的问题。

◎ 与婚姻内的、儿童的、老人的虐待有关的事例（记住及时向有关司法机关报告）。

◎ 当需要用药物治疗来稳定时。

◎ 一直存在应对的困难时（矿难后 4 周以上）。

◎ 当幸存者开口要求其他帮助时。

另外，帮助幸存者重新建立与灾难前为其提供帮助的服务机构之间的联系。

◎ 心理健康服务。

◎ 医疗服务。

◎ 社会支持服务。

◎ 毒品和酒精问题的支持团体。

当你协调分工帮助时：

◎ 与他/她一起总结一下他的需要和所担心的内容。

◎ 确认你的总结是否准确。

◎ 说明那些分工协助的选项，包括这些选项能怎么帮你，如果进一步独自去找他们帮助时会出现什么情况，需要对对方说些什么。

◎ 询问幸存者对提供这些分工协助的反应。

◎ 帮幸存者写下分工协助的信息，如果可能的话，当即在现场帮其预约。

2) 帮助保持持续稳定的协助关系：虽非第一位，但仍很重要，许多幸存者与他们最初的帮助者保持联络是十分有帮助意义的。大多数情况下，你不可能与幸存者继续保持联络，因为他们将离开医院或其他服务机构，到其他后续服务的地方。可是失去与灾难后第一救助人的联系可导致幸存者有被抛弃和被拒绝的感觉。如果你按下列方式行事的话，可以给他们建立一个持续关怀的感受。

◎ 告诉他们当地的公共卫生、公共心理卫生服务机构和人员的名字和联系信息,也包括当地经过认可的机构或人员(当心不要转到那些你不认识的志愿人员那里)。这样的信息虽然在数小时或数天内尚未获得,然而一旦获知,这对幸存者是有帮助的。

◎ 给幸存者介绍其他心理卫生、家庭服务或减压工作者,这样他们就能获知许多其他帮助者的名字。

有时候幸存者感到自己好像在接受没完没了的与帮助者的会面,他们只好不停地给轮番到来的人讲述他的故事,诉说遭遇的情景。为最大限度地减少这样的情形,当你离开被救助者时要让他们知晓:如有可能,确认一个可直接交接的帮助者,此人能与被助者保持一个持续的帮助关系,为新来的帮助者指出关于受助者的需要和须知。如可能的话,为他们做些相互介绍。

附录:创伤后应激障碍自评量表(post-traum atic stress disorder self-rating scale,PTSD-SS)

PTSD-SS 为一自评量表,由 24 个条目构成。理论上可划分为对创伤事件的主观评定(条目 1)、反复重现体验(条目 2、3、4、5、17、18、19)、回避症状(条目 6、8、9、10、16、21、22)、警觉性增高(条目 7、11、12、15、20、23)和社会功能受损(条目 14、24)5 个部分。若条目与总分间的相关系数≥0.4 且在某一因子上的负荷量≥0.4 时为选取条目的标准,24 个条目均达到此标准。每个条目根据创伤事件发生后的心理感受分为没有影响到很重 1~5 级评定,累积 24 个条目得分为 PTSD-SS 总分,得分越高应激障碍越重。

PTSD-SS 有较好的信度和效度,易于实施,评分简单,在我国目前尚无 PTSD 评定量表的情况下,PTSD-SS 是一种理想的评定工具。

1. 灾害对精神的打击 1 2 3 4 5

2. 想起灾害恐惧害怕 1 2 3 4 5

3. 脑子里无法摆脱灾害发生时的情景 1 2 3 4 5

4. 反复考虑与灾害有关的事情　1 2 3 4 5

5. 做噩梦，梦见有关灾害的事情　1 2 3 4 5

6. 灾害后兴趣减少了　1 2 3 4 5

7. 看到或听到与灾害有关的事情担心灾害再度发生　1 2 3 4 5

8. 变得与亲人感情疏远　1 2 3 4 5

9. 努力控制与灾害有关的想法　1 2 3 4 5

10. 对同事(学)、朋友变得冷淡　1 2 3 4 5

11. 紧张过敏或易受惊吓　1 2 3 4 5

12. 睡眠障碍　1 2 3 4 5

13. 内疚或有罪感　1 2 3 4 5

14. 学习或工作受影响　1 2 3 4 5

15. 注意力不集中　1 2 3 4 5

16. 回避灾难发生时的情景或活动　1 2 3 4 5

17. 烦躁不安　1 2 3 4 5

18. 出现虚幻感觉似灾害再度发生　1 2 3 4 5

19. 心悸、出汗、胸闷等不适　1 2 3 4 5

20. 无原因的攻击冲动行为　1 2 3 4 5

21. 悲观失望　1 2 3 4 5

22. 遗忘某些情节　1 2 3 4 5

23. 易激惹、好发脾气　1 2 3 4 5

24. 记忆力下降　1 2 3 4 5

（苑　杰）

第八讲

矿难救援人员的心理干预

　　灾难对救援人员产生的心理危机,是指救援人员在灾难救援过程中,面对灾难应激源,运用通常应对应激的方法或机制不能处理当前所遇到的外部或内部应激时所出现的一种心理失衡状态。矿难作为一种突发性事件,会给人造成生理上和心理上的伤害。在矿难发生时,个体整个心理系统都有可能出现程度不同的创伤,个体越接近于矿难现场,受到创伤的危险性也就越大。矿难发生后,人们往往把灾难救助的重心放在幸存者、遇难者及其家属的身上,往往忽略了直接参与救助的救援人员。救援人员作为矿难现场的救援的直接参与者,不可避免地处于应激状态之中。因此如何建立有效的心理援助体系,全程和全面地帮助救援人员科学应对各种应激源,平稳地渡过心理应激期,便成为心理危机干预工作者的又一个重要任务。

一、矿难救援人员的含义

　　矿难救援人员:在矿难发生后参与救援工作的各类工作人员,包括矿山救护队员、矿山医疗队员、现场指挥、消防和武警官兵、警察、医护人员、新闻工作者等。

二、救援人员产生心理应激的原因和表现

(一)救援人员产生心理应激的原因

　　矿难的环境和情景直接刺激着救援人员的视觉、听觉、嗅觉

和触觉,使救援人员直接感受到紧张、危险和残酷,其心理压力必然是全方位、高强度的。加之连续工作,身体疲惫,队友在救援过程中的意外伤亡,以及个别救援队员心理素质较差,平时未进行规范化、科学化的心理训练等,这些都是产生心理应激的重要原因。

(二) 矿难发生时救援人员心理应激的基本表现

1. 恐怖心理　是救援人员救援过程中最易诱发的、最为普遍和传染性最强的一种心理。

2. 焦虑心理　由于任务紧急,长时间的紧张状态易引起焦虑心理,个别救援人员还会出现创伤后心理应激障碍。

3. 抑郁心理　表现为悲哀、寂寞等消极情绪,伴有失眠、食欲缺乏等。

4. 强迫心理　为确保挽救每一个生命,救援过程中救援人员注意力高度集中,易形成强迫心理,表现为对已确认无误的事件反复检查。症状轻者给生活带来不必要的困扰,重者则会出现严重强迫症状。

5. 自责心理　救援过程中有时会遇到救援难度大,幸存者在救援过程中死亡,或幸存者在救援成功后因伤势过重而最终死亡的情况,这些都会导致个别救援人员产生自责心理。

6. 脆弱心理　残酷的环境现场、情绪波动的人群会对救援人员心理造成强大的冲击,削弱其对情绪的良好控制能力。主要表现在浮躁,易激动,经不起打击,症状严重者行为失控、不能自救。

7. 从众极化心理　执行救援任务的救援人员大都是以小组或分队等群体形式开展行动,容易受从众心理影响,到现场群体性表现较强,尤其当个别救援人员出现严重心理问题或受某种突发情绪感染时,群体情绪就处于不稳定的隐患中。

(三) 矿难救援结束后救援人员的心身反应

矿难救援结束后,一些救援人员常常会出现心身反应问题,

影响正常的生活和工作,使自己出现严重的心身困扰,甚至心理崩溃,常见的心身反应有:

◎ 身体反应:易疲劳

1. 体能下降。

2. 由于心身极度疲劳,休息与睡眠的不足,易产生生理上的不适感,例如晕眩、呼吸困难、胃痛、紧张、无法放松等。

◎ 心理反应:创伤反应和人际冲突

1. 与他人交流不畅。

2. 情感迟钝。

3. 失去对公平、善恶的信念,愤世嫉俗。

4. 对自己经历的一切感到麻木与困惑。

5. 因心力交瘁、筋疲力尽而觉得生气,例如对周围人、媒体感到愤怒。

6. 感到不够安全。

7. 睡眠出现问题,做噩梦。

8. 集中注意力和决策困难。

9. 缺乏自制力,愤怒,缺乏耐心,与他人关系紧张。

10. 失去信任感。

11. 感到内疚,觉得自己没有做足够多的事情,做得不够好,因为没有能够帮助更多的人。

◎ 职业困扰:耗竭感

1. 怀疑自己的职业选择。

2. 无助和绝望,觉得在这么巨大的灾难面前自己无能为力。

3. 感到软弱、内疚和羞耻,感到自己的问题与受灾者相比微不足道。

4. 觉得自己本可以做得更好、做得更多而产生负疚感,怀疑自己是否已经尽力。

5. 对于自己也需要接受帮助觉得尴尬、难堪。

6. 过分地为受害者悲伤、忧郁。

三、救援人员心理干预的指导原则

(一) 快速

救援人员承担着繁重的救援任务,身体极度疲惫。心理危机干预不能占用过多正常救援任务的时间和救援人员调整休息、补充体力的时间。

(二) 简捷

针对救援人员的心理危机干预方法、手段一定要清晰、具体、可操作性强;一定要简捷,不能太复杂、烦冗,否则很容易引起救援人员强烈的排斥和阻抗。

(三) 有效

在快速简捷的基础上,效果的保证是核心诉求,要做到在短时间内就能让救援人员体会到心理干预明显的正性效果。

四、救援人员心理卫生问题的筛查和诊断

依矿难发生的时间先后,一些救援人员可以表现出:急性应激障碍、焦虑障碍、抑郁障碍、适应障碍、创伤后应激障碍、酒精及药物滥用、躯体形式障碍、创伤后人格改变、自杀等。

(一) 心理筛查量表工具的使用原则

1. 量表只能在救援人员数量多而心理干预者相对不足的情况下进行初步筛查时使用。

2. 量表筛查无法代替直接面谈筛查与评估,其结果只能作为临床诊断的补充参考依据。

3. 禁止心理干预者仅为了个人收集资料而对救援人员进行量表筛查。

4. 使用量表对救援人员进行调查时,应事先向救援人员说明量表调查的意义和用途,并征得救援人员同意。

5. 推荐使用"事件影响量表(IES)",在必要时进行"创伤后

应激障碍"筛查。

6. 确实需要与救援人员当面进行他评时,建议治疗师与救援人员在心理治疗以外另约时间,并亲自与救援人员会谈,进行他评。

救援人员心理卫生问题的筛查由经过培训的精神科医生、心理治疗师、心理咨询师应用量表对救援人员进行筛查,筛查阳性者由专科医生直接面谈进行评估与诊断。

常常使用的筛查量表有:卫生部办公厅关于印发《紧急心理危机干预指导原则》中的心理健康自评问卷、症状自评量表(SCL-90)、Zung 抑郁自评量表(SDS)、贝克抑郁自评量表(BDI)、Zung 焦虑自评量表(SAS)、事件影响量表(IES)、创伤后应激障碍筛查等。

五、心理干预技术与操作

(一) 心理反应正常化教育

通过专业知识的传递与分享及正常化的心理教育,引起他们的共鸣及接纳自身的心理应激反应。例如告诉救援人员,人在这种异乎寻常的情境下通常会有哪些反应。然后告诉他们,一个正常的个体在灾难中一定会有各种反应,这是非常正常的,只是程度有差异而已;如果你没有任何反应,我们反而表示担忧。通过心理反应正常化教育,会在很大程度上降低被干预者由于心理知识的匮乏而造成的对自己心理反应的恐慌。

(二) 救援人员的自我帮助

1. 在每次执行任务之前,进行一次简短的情况通报,了解自己和同伴所处环境的最新状况,这样可以帮助救援人员在执行任务期间,对可能遇到的情况作好充分准备。

2. 至少和一位同伴保持比较亲密的伙伴关系,相互关照,注意彼此的疲劳程度和压力症状。

3. 与你的同伴相互鼓励、支持和打气,相互肯定,倾听彼此的感觉,绝不要相互指责,少一些批评,多一些赞扬。如拍拍同伴的背,帮同伴拿一份食物等,尽力营造融洽的气氛。

4. 随时做一些活动或运动,例如轻轻地放松一下已经绷紧的肌肉。

5. 有规律地进食,喝大量的水。如不饿,就少量多餐。

6. 幽默可以打破紧张,让人松一口气。但是在灾难的情境下,人们易受暗示,在幽默时注意不要伤害同伴、幸存者和遇难者家属。

7. 自我鼓励,多表扬自己。

8. 深呼吸,屏气,之后用力呼气。

9. 注意休息(不要总和受害者或幸存者在一起,每天必须有救援者们单独在一起的时间)。

10. 当工作效率降低时,可以休息一会儿。一般而言,至少每 4 小时休息一会儿。值班的时间,以 12 小时为最长时限。

11. 用笔记本把事情摘要记下,这样可以弥补压力状态下的记忆力下降。

12. 工作场合尽量减少嘈杂。

13. 当同伴正在执行任务时,尽量避免不必要的干扰。

14. 在每一次值班结束时,用几分钟时间和同伴谈一谈今天的想法和感觉,可以减轻自己的心理压力。

15. 下班时,享受一下休闲活动,让灾难远离心灵,包括与朋友聊天、阅读等。

16. 在休息时,用特别的方法招待自己,或好好地洗个澡。

17. 如果需要,工作后允许自己花一些时间独处,但是不要完全退出社交活动。

18. 充足的睡眠。学习放松技巧,帮助入睡。

19. 在长时间的救灾工作中,定期参加应激晤谈小组的聚会,谈论自己和同伴在情绪上的冲击。

20. 在执行救援任务时,记得下列事项:

（1）认识新朋友，同伴间相互支持，适时地将你的感觉和救灾的经验与同伴讨论和分享（如果可能，每天找一个时间与救援人员一起分享自己的情绪）。

（2）如果有可能的话，洗个澡，读书，听音乐等，让自己得到放松。

（3）避免过量饮酒。

（4）写日记。

（5）救援结束后，继续和其他救援人员保持联络，常打电话、发电子邮件或写信。

21. 尝试这样做，也许很有用：

（1）向别人诉说矿难事件。

（2）表达自己的想法、态度。

（3）表达自己的情绪、感受。

（4）和别人讨论压力及对策。

（5）讨论自己最困惑的矿难经历。

（6）讨论矿难中正向或值得骄傲的事情。

（7）团体中彼此支持和理解。

22. 和家人保持联系，取得家人的理解和支持。

（三）救援人员常见心理卫生问题的心理学处置

负性情绪是救援人员最常见、最主要的心理卫生问题，通过宣泄负性情绪，使救援人员安全渡过心理危机，预防创伤后应激障碍（PTSD）的发生。而负性情绪处理通常使用应激晤谈法、放松训练法等。

1. 应激晤谈　应激晤谈能帮助救援人员整合救灾的经验，并能照顾救援人员的某种需求，如分享救灾工作经验、与别人合作的感受、表达救灾当时的情绪和看法。

应激晤谈不是工作检讨，而是鼓励救援人员诉说、讨论、分担、分享在灾难救援工作中发生的事件，让救援人员的情绪得到适当的宣泄与疏导，并企盼能将此经验以正向及健康的方式，整合到救援人员的生活中。

应激晤谈的基本原则是：

◎ 不强迫表达，使受助者有可控感。

◎ 正性积极的资源取向。

◎ 个体化的帮助。

应激晤谈可采取一对一的方式或 8～10 人的小团体来进行。团体辅导一般由 2 位有经验的心理卫生工作人员带领。以团体方式进行的好处是，增加了参与成员彼此间的相互支持与了解，通过彼此的分享，感受到自己的情绪或者经历与别的成员类似或相同，而不至于觉得自己奇怪或不正常，并使之常态化。又可以因为分享共同的救援经历，让彼此有更强烈的同舟共济情怀，更希望在救援结束后仍能继续保持联系，建立支持性的网络。

应激晤谈的四个阶段：

◎ 诉说事件：支持救援人员诉说矿难救援中的所见、所闻、所为等。

◎ 表达心理反应和生理反应：协助救援人员表达由救援工作引发的想法与感受。

◎ 讨论和分享应对策略：鼓励救援人员讨论缓解救援工作压力的有效方法，也可以学习有关应激反应的知识。

◎ 强化积极资源：鼓励救援人员讨论在救援过程中觉得有意义或正面的经验，同时提供获得进一步帮助的途径和方法。

救援人员在救援过程中会有很多难忘的经历。所以在鼓励表达时，干预者要引导他们重点描述那些让他们有痛苦体验的经历。很多救援人员的经历往往以大量闯入性的刺激画面的形式保留在大脑中。所以在表达时，可以让救援人员结合他们的创伤经历，有重点地描述那些强刺激性画面，画面的描述要求清晰、具体。此外需要重点强调一点，纯粹叙事性的表达是没有干预效果的，有时反而会造成二次伤害。所以在表达过程中，鼓励被干预者表达创伤经历及刺激性画面所诱发的痛苦情绪,使其负性情绪得以外化就显得非常关键,负性情绪的表达要求准确、充分。

在使用应激晤谈时,要把干预工作聚焦于强化正性积极的资源,推动小组成员之间的相互理解和支持,而不是创伤经历上。干预者要做的是针对救援人员所经历的事件进行引导,让其挖掘自身资源,找到能让他感动的、感受到人性光辉的、带给他温暖和有力量感的画面或事件,同时体验与这些画面相联系的正性情感;使其对创伤记忆的认知和体验更加积极,以完成正性资源对负性情感的部分替代,从而达到负性情感与正性情感之间的平衡。

2. 放松训练 干预者应向救援人员简要介绍放松原理及常用的放松方法,如呼吸放松法、肌肉放松法、冥想放松法等。

呼吸放松法:我们可以先锻炼我们清楚地觉察和意识到自己的呼吸状况。因为我们在躺着的时候是采用的腹式呼吸,可以躺下来去体验。

(1)要穿舒适宽松的衣服,平躺,保持舒适的姿势,两脚向两边自然张开,一只手臂放在上腹,另一只手臂自然放在身体一侧。

(2)缓慢地通过鼻孔呼吸,感觉吸入的气体有点凉凉的,呼出的气息有点暖暖的。吸气和呼气的同时,感觉腹部的涨落运动。

(3)保持深而慢的呼吸,吸气和呼气的中间有一个短暂的停顿。

(4)几分钟过后,坐直,把一只手放在小腹,把另一只手放在胸前,注意两手在吸气和呼气中的运动,判断哪一只手活动更明显。如果放在胸部的手的运动比另一只手更明显,这意味着我们采用的更多的是胸式呼吸而非腹式呼吸。我们要提高腹式呼吸。

可以就用呼吸,同时提示自己身上哪些部位还紧张,想象气体从哪些部位流过,带走了紧张。达到了放松的状态。

肌肉放松法:是让人有意识地去感觉主要肌肉群的紧张和放松,从而达到放松的目的。身体躺下,把注意力集中在右手,右手握紧拳头,持续大约5秒钟后,再松开,肌肉放松,意识到那种紧张,再放松,让紧张感流走。注意观察完全放松后的右手与自然放松的左手的感觉有什么不同。然后再用左手重复做一遍。接着以相同方法将注意力集中在每个肌肉群:手臂、脸、颈部、肩部、腹部、臀部、大腿、小腿、脚的肌肉,重复练习。

放松好了以后,留一点时间感受放松状态,这个时候可以给自己一些暗示:比如说,我现在从5数到1,数1的时候我睁开眼睛,很清醒,很宁静。

冥想放松法:冥想要求投入,就像运动训练。

首先躺下,也可坐在一张靠背的椅子上,闭上眼睛,在头脑里想象一些比较熟悉或比较向往的景象。如可想象你漫步来到一片绿油油的草地,草地里长着各色小花,芳香扑鼻。这时往前走,隐隐约约听到了清脆的流水声音,原来是一条清澈的小溪,几条小鱼儿在逆水往上游着。你弯腰试着去抓,水很清凉怡人……你可以再想象下去。要有身临其境的感觉,五官、身体都处于美好的感受之中。想象的题材很多,如辽阔平展的海滩、山清水秀的公园、轻歌曼舞的仙境等。不要想象过于刺激的东西,你在想象的场景里,是闲适舒缓的,你感受的都是一些舒适的景象。你从想象中得到放松,得到愉悦,暂时忘却了救援工作带给你的焦虑、紧张等负性情绪。

通过放松训练可以使救援人员对在应激晤谈中暴露创伤时表现出的紧张情绪能得以平复,让救援人员学会了对抗焦虑、紧张、失眠等反应的方法,让其认识到依靠自己的力量可以缓解一些一般性的心理、生理反应。

通过以上的干预方法,有些症状较轻的救援人员经过这个过程已经基本见效。接下来还可以进行心理行为训练(详见第九讲)巩固干预的效果。而对那些筛查出症状严重或达到某些心理疾病诊断标准的救援人员应进一步干预和治疗。

(四) 救援人员常见心理卫生问题的医学处置

对符合《中国精神障碍分类与诊断标准》(CCMD-3)或精神与行为障碍分类临床描述与诊断要点(ICD-10)诊断依据的救援人员,作出精神科诊断,制订心理治疗和药物治疗的方案。

1. 药物治疗的原则　根据病人的症状,如失眠、惊恐、焦虑、抑郁等情绪,进行对症治疗,从低剂量开始,但不建议长期使用镇静催眠药。

2. 心理治疗　开展创伤治疗、动眼减敏重整疗法(EMDR)等各种系统的心理治疗须由经过相应培训的人员进行。无法保证较长期连续工作的人员须与当地专业人员一起开展系统的心理治疗,以保证治疗关系的稳定和连续。

相关的精神卫生症状表现、诊断、治疗技术要点参照卫生部办公厅关于转发《灾难后临床常见精神卫生问题处置原则》的相关内容,本章不做介绍。

六、救援人员常见心理卫生问题的随访

1. 对于明确诊断或确认的救援者,治疗期间要及时确定随访的机构和人员、方式、间隔时间、地点等信息,保证各种治疗的完整实施。

2. 对于未达到诊断标准又接受过心理卫生服务的救助者,也应提供进一步的指导以及今后获得随访的渠道。

七、矿山救护队员的心理训练

矿难具有极大的威胁性、紧迫性、震撼性和后果不确定性。所以救援人员一般都是突然之间紧急接受救援任务,没有任何心理准备,加上矿难发生后主要参与救援的是"矿山救护队",而

矿山救护队训练内容包括矿井灾害事故处理、矿山救护规程、救援相关法律法规、矿山救护队质量标准化考核规范、医疗急救、典型案例分析等理论知识;创伤急救训练、军事化队列训练、体能训练、一般技术操作、设备仪器操作、实战演习等。唯独缺少心理训练,所以对矿山救护队员平时就要有针对性的心理训练,以提高矿山救护队员的心理素质和心理承受能力,减少和避免在矿难救援时或救援后出现各种心理卫生问题。

(一)心理训练的内容

1. 心理准备训练,使矿山救护队员通过了解和体验矿难救援现场的特点以及可能出现的各种情况,形成良好的心理定势。

2. 注意力、观察力的培养,使矿山救护队员对一切威胁保持高度戒备状态,并随时为确保自身安全而采取必要的行动。

3. 心理承受能力训练,使矿山救护队员承受矿难救援现场上的强烈刺激。

4. 心理适应能力训练,使矿山救护队员的心理活动能适应矿难救援现场的特殊环境及其变化。

5. 心理耐力训练,使矿山救护队员受得住,经得起矿难救援现场上持久刺激。

6. 心理恢复能力的训练,使矿山救护队员能够迅速恢复在矿难救援中出现的心理疲劳和造成的心理创伤。

(二)心理训练的方法

以下介绍几种典型操作方法:

1. 暗室迷宫训练法 暗室迷宫训练法主要是以提高感知能力为目的的心理训练方法。暗室迷宫具体做法是,在一定面积的暗室中设定难度等级不同的迷宫,并制订相应的过关标准,让受试者从明亮的地方进入到黑暗的暗室迷宫环境中,在被试进入迷宫前,主试要告之尽快走出迷宫,并对被试进出迷宫的整个过程进行监控,准确记录所用时间和错误次数。在被试出来后告之他的得分情况,然后让其再次进入暗室寻找出口,这样经过反复训练,受训者的视觉、听觉、触觉等感觉器官的感受能力就会不断得到提高。有的心理训练者为了提高训练受训者的感知力,还设计了一些稍停即逝的刺激场景;如一闪而过的某张面孔、身影或某些细致动作、表情、神态、耳语和姿势,让受训者迅速捕捉刺激源,查找到刺激物,以提高感觉器官反应的灵敏性和准确性。

2. **团队协作训练法**　通过设计一些需要团结协作才能完成的项目和游戏,使矿山救护队员在轻松愉快的活动中强化自己对矿山救护队的认同感和信任感,激发队员的集体荣誉感,挖掘矿山救护队员在工作上的更多潜能,塑造团结奋进的高绩效救护队。

常用的团体训练法有:走向信任之旅、信任考验、信任证明、从赞美开始、发现自我、我的生命线、生存选择、炽热的目光、面对困惑、笑迎未来、大团圆等。如"走向信任之旅"为户外活动,2人一组,1人扮盲人,另1人扮腿有残疾者,2人相互搀扶走过一段"艰难曲折"的路程,然后在班内交流体会;目的是让新兵经历"助人与受助",体验和增加对他人的信任与接纳。

3. **应激情景训练法**　应激情景训练法主要是以提高快速反应能力为目的的心理训练方法。由于反应能力的高低是个体身体素质和心理素质的综合体现,一般通过设计与矿难类似的模拟情景进行训练(具体做法可参见王春才等撰写的《基于虚拟现实的煤矿事故模拟与分析系统》和于晓霞、沈志刚撰写的《虚拟煤矿事故救援训练系统设计与实现》文章),让个体置身于模拟的应激情景之中,并不断施加各种应激刺激信息,训练其控制情绪,及时调整心态,迅速组织思维,快速准确分析、判断及解决不测事件的能力。对于提高安全培训效果和质量具有一定的应用价值。

当然真正有效的心理训练只有融入矿山救护队常规训练中,与体能训练、一般技术操作、设备仪器操作、实战演习等训练有机地结合在一起,才能发挥出应有的作用。

(陈允恩)

第九讲

矿难后心理危机干预中的心理行为训练

一、心理行为训练的基本概念和原理

心理行为训练是应用行为心理学、认知心理学和咨询心理学等学科的基本原理,借助于行为训练来提高被干预者的基础心理素质和心理健康水平的一种途径和手段。它对心理危机干预起到补充和巩固的作用,可以更好地保证心理危机干预的效果。

心理行为训练的基本原理是:体验和激发情感、行为改变认知、习惯积淀品质。对于心理行为训练而言,重点就在于被干预者的体验和感受。其目的是通过让被干预者在特定的项目情境中去感知认知情绪、行为等心理上的变化,对自己在活动中表现出来的行为重新审视,在心理危机干预者的引导下进行相应的认知调整,使情绪感受和行为变化上升到认知层面,以达到心理素质的不断完善和提高。通过反复训练、持续强化和巩固训练效果,被干预者就能养成良好的行为应对模式和认知模式,提高自己的社会适应性。

二、心理行为训练的起源和发展

心理行为训练起源于第二次世界大战期间的英国,当时大西洋商务船队屡遭德国潜艇的袭击,许多缺乏经验的年轻海员葬身海底,人们从生还者身上发现,他们不一定都是体能最好的人,但却都是求生意志最顽强的人。针对这种情况,汉思等人创办了"阿伯德威海上学校",训练海员在海上的生存能力和遇难后的生存技巧,使他们的身体和意志都得到锻炼。由于心理行为训练效果显著,第二次世界大战后受到了极大重视,并逐渐推广到教育心理、管理培训、个人潜能开发等领域。我国心理研究人员学习和借鉴美国西点军校的有关经验,创造性地将心理行为训练应用于军人心理素质培养和心理健康维护上,经过几年的不断完善,目前已广泛应用于军队、武警、消防、公安、教育、企业和政府公务员等各个领域。

三、心理行为训练的分类

心理行为训练是一种磨炼人的意志的训练方式。通过挑战一些极限的训练科目,使受训者经过一段时间的培训后,激发出潜能,从而超越过去无法超越的事情,从而提高受训人员的意志力和总体心理健康水平。心理行为训练器材与拓展训练器材有相似之处,但由于训练目的的不同,在项目设置的侧重点上、培训时的方式、方法也有所不同。

高空心理行为训练分:巨人梯、高空断桥、空中抓杆、泸定桥、天使之手、空中相依、高空绳网、软梯、合力制胜、绝壁逢生、高空天平、高空独木、缅甸桥、极限攀岩等。

场地心理行为训练分:为信任背摔、模拟电网、有轨电车、移花接木、罐头鞋、梅花桩、孤岛求生、盲目障碍、礼让通行、齐心协力、雷阵等。

四、心理行为训练的流程

心理行为训练的流程见图 9-1。

(一) 收集心理行为训练的相关信息

为了能给心理危机干预提供强有力的支持,保证心理行为训练的效果,心理行为训练在训练前期一定要收集被干预者的基本信息资料。需要收集资料的内容如下:

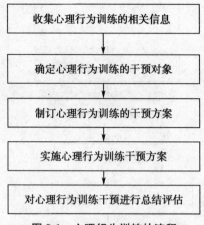

图 9-1　心理行为训练的流程

1. 被干预者的来源。

2. 被干预者的人数。

3. 被干预者的年龄段和身体状况。

4. 被干预者的创伤经历及其特点。

（二）确定心理行为训练的干预对象

根据被干预者的来源，分析其大体的行为特点及可能存在的主要问题，并根据被干预对象的人数情况进行分组，并安排合适场地，每组 15 人左右，每组分配一位干预者。

（三）制订心理行为训练的干预方案

根据被干预者的具体情况和实际环境条件，选择适当的项目，制订心理行为训练实施方案。年龄阶段和身体状况影响到项目的安排，年龄大或者身体状况欠佳的，安排项目的时候需要首先考虑体能消耗小的项目或室内项目。此外要考虑到明确被干预者的创伤特点，安排能够帮助其恢复心理创伤的项目。

（四）实施心理行为训练干预方案

1. 项目实施的一般流程 （见图 9-2）

2. 注意事项

（1）安全：安全是心理行为训练的前提和基础。所有被干预

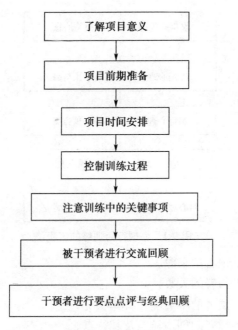

图 9-2　心理行为训练项目实施的一般流程

者必须提高安全意识，服从指挥。

（2）心态：需要被干预者全身心投入，才能保证心理行为训练的干预效果。

（3）时间：心理行为训练是一种团体训练，需要严格按照时间计划执行。

（五）对心理行为训练干预进行总结评估

通过干预者对被干预者行为改变、情绪变化、认知变化等维度的判断和评估，再结合被干预者对自身前后变化的感知，对整体心理行为训练的效果作出评价。

五、部分心理行为训练项目介绍

通过实际调查发现，矿难发生后大量相关人员的安全感、信任感、控制感、自尊感和亲密关系遭到破坏,表现为极度缺乏安全感、对他人和周围环境失去基本的信任、对自己未来的生活和现实世界毫无把握、失去亲密的家人和朋友后难以建立与他人的亲密关系等。此外,还出现大量负性的情绪感受,如抑郁、焦虑、情绪低落、烦躁易怒、强迫恐惧等。心理行为训练作为一种体验式的活动,可以让被干预者那些被破坏的基本需要得到修复和满足,从而提升自我内心的能量,增强抗挫折能力,感受人际间的温暖,凝聚团队的力量;作为一种具有稳定化功能的干预策略,可以让被干预者在一个轻松愉悦的环境下疏泄负性情绪,快速获得社会支持,缓解心理症状。现针对矿难后相关人员较为集中出现的心理问题,介绍几个心理训练方案。

(一) 高空断桥

项目概括:高空断桥是一个以个人挑战为主的项目,属于高空类心理冲击的项目,整个过程需要独立完成。"断桥一小步,人生一大步"浓缩了这个活动的精华。

活动目的:克服恐惧,勇往直前,认识自我,战胜自我;自我说服与自我激励,鼓励他人和获取鼓励的重要性;对困难时的互助精神,培养团队意识;认知心态对行动的影响,学会缓解心理压力。

人数:10～16 人。

完成时间:120 分钟。

场地器材:

1. 室外:专用训练架,高 7～12 米。

2. 至少 3 条坐式安全带,3 顶安全帽。

3. 足球护腿板 2 副。

活动过程:

1. 学习安全带的使用。

2. 地面演示并组织模拟练习在桥面上的完整动作(见图 9-3)。

3. 准备挑战的队员(被干预者)穿好保护装备以后,接受队友的鼓励。

4. 挑战者站在断桥桥板的一端,两臂侧平举,然后大声问队友:"准备好了吗?"当听到"准备好了"的回答之后,自己大声喊"1、2、3",同时跨步跳到板的另外一端。单脚起跳,单脚落地,然后按同样要求再跳回来。

5. 在桥面上不允许助跑,手不允许紧拽保护绳。

6. 每位队员在穿好保护装备后在地面上进行试跳,一定要记住自己的起跳腿。

图 9-3 桥面上的完整动作

安全监控:

1. 若有严重的外伤病史或有心脏病及医生建议不适合做此类挑战活动者,不可挑战。

2. 队员穿戴保护装备时要有人援助指导,队长(干预者)要在最后进行全面检查。

3. 一名队员在作项目时,队长安排下名队员作好准备。

4. 训练时要保证队员正确使用安全器材,按全程保护原则操作。

5. 在板端时提醒队员将支撑脚脚尖探出板端少许,然后果断跃出。

6. 若队员不敢过桥,队长可先将其引至桥的一端,自己到另一侧引导过桥。

7. 如果队员在断桥的另一侧重心不稳,摇晃,不敢前进,引导其放松稳定的同时,队长要背靠立柱,直到训练架不再共振为止。

8. 队长必须戴头盔,队员要带足球护腿板。

项目控制阶段:

1. 讲解清晰,及时反馈,确保队员了解任务要求。

2. 鼓励所有队员参与挑战。

3. 提示队员互相帮助,确保护具穿戴安全。

4. 要认真观察女队员、体胖、年纪偏大和不擅长运动的队员在地面试跳距离,以便调整合适的板距。

5. 队员跳回来时的板距不宜过大,应让队员看到收板过程。

项目挑战阶段:

1. 观察队员的反应,利用心理学的辅导方式给予学员适时、正确的辅导。

2. 队员上桥时说"欢迎前来挑战",对所有队员顺利完成任务给予鼓励。

3. 观察记录每一位队员的表现,便于总结回顾。

4. 指导时合理使用不同风格的语言,保持队员的挑战积极性。

5. 必须将保护队员安全放在首位,队员身体反应明显、不适合继续挑战时不得强求。

回顾总结:

1. 对于所有队员完成挑战任务给予鼓励。

2. 鼓励每一位队员讲述自己的感受并予以肯定,注意完成不够出色的队员,可以联系生活讲解。

3. 体会在地上跨越和在高空跨越,心态有什么变化?

4. 当自己想要放弃时,是靠什么说服自己完成任务的?

5. 在激励面前,有人喜欢队友的鼓励,以达到外在激励的作用,有人喜欢在安静的状态下自己鼓励自己,没有对错之分。但合适的激励是需要支持的,假如你一个人参加这种活动,你会怎样做?

总结提升:

1. 实践是战胜恐惧（压力）的最好良药。

2. 人生在一步一步的前进中难免会出现困难和意外，用什么心态去面对？

3. 可以分享"断桥一小步，人生一大步"，讲述身边人面对艰难渡过难关的相关故事。

（二）心灵地图

训练目的：

1. 培养团体信任感，消除对集体的担心和焦虑，提高团体凝聚力。

2. 增进集体成员之间的沟通意识，学习非语言沟通技巧。

参与形式：队员两两结组。

时间：1 小时～1 小时 30 分钟（按具体路线安排）。

所需材料：眼罩。

场地：有障碍物的场地。

项目概要：

全体成员通过报数随机分成两组，一组带眼罩扮演"盲人"，另一组扮演"拐棍"。活动中向导不能暴露自己的身份，不能讲话，只能用非语言的方式引导盲人走完全程。走的过程中"盲人"的安全就在"拐棍"的手里，我们要对"盲人"负责，而"盲人"也要相信"拐棍"可以帮助他们走完这一段路。

活动流程：

1. 全程双方都不能说话，必要严格按照指导者的路线走完全程，同时保证"盲人"的安全。

2. 第一次"盲行"：按照随机分组，一组学员带眼罩扮演"盲人"，另一组扮演"拐棍"。

3. 第二次"盲行"："盲人"与"拐棍"互换角色。

观察员需注意观察的内容：

"盲人"是否敢跨出自己的脚步；是跟随拐棍，还是自己摸索前进；"拐棍"是怎样用肢体语言来引导"盲人"的；当看到"盲人"

偏离时,是怎样的表情与行动。

分享内容:

1. 整个活动是否顺利,在活动过程中遇到了什么问题?

2. 做"盲人"与"拐棍"的角色时心理各有什么不同的感受?

3. 做"盲人"角色时,开始对"拐棍"有信心吗? 整个活动过程你的信心是恢复了还是丧失了?

4. 做"拐棍"角色时,你是如何传递信息的;"盲人"收到没有? 后来如何进行调整? 你是否是一个成功的带领者?

5. 本次活动你得到哪些有益的启示?

注意事项:路线的选择两次需要变化;行走过程中注意盲人安全等。

总结提升:用心去感受信任和被信任的感觉、去体会团结的力量。既然身为同伴,就要互相信任,相互理解,共渡难关。

(三) 人(际)网恢恢

训练目的:为疏解压力和困境,建立与运用支持系统。

时间:60 分钟。

指导语:

压力在生活中随时会出现,而我们常常因此受干扰而使得情绪低落,有时候我们用听音乐、洗澡等一个人就可以完成的方式来缓解压力,有时候我们会找别人帮忙。现在我们先进行一小段时间的放松冥想,让大家来感受另一种面对压力的自我放松方式,而我(干预者)也会引导大家去思考:"当我有困难时,我会找谁帮忙?"冥想 3 分钟。

准备:冥想指导语

朋友们,请闭上你的眼睛,把自己的身体调整到最舒服的姿势。

停 2 秒。

现在请将注意力转移到你的呼吸上,深深地吸进来,慢慢地吐出去,缓缓地吸进来,慢慢地吐出去,慢慢地吸进来,缓缓地吐出去。想象你躺在一片柔软的草地上,这是一个安静的山谷,想象你的身体舒服地躺在草地上随意伸展,温暖的阳光洒在柔软的草地上,微风轻轻地吹来。现在请你将注意力转移到脸部,感觉到自己正在放松,放松你的额头,眉毛,慢慢地放松,放松你的眼睛、鼻子、嘴巴,感觉到自己的脸部慢慢地放松。现在将注意力转移到你的肩膀,感觉一下它是不是很紧绷,慢慢地将你肩膀的肌肉放松。继续调整呼吸,深深地吸进来,慢慢地吐出去,慢慢地吸进来,缓缓地吐出去。现在将注意力移到头部,回想小时候的你,那时你穿着怎样的衣服? 是谁站在你的身边? 学生时代的你和现在有没有什么不同? 是谁站在你的身边? 到今天,生命走到了现在,有时快乐,有时沮丧,每当你快乐时是谁陪在你的身边? 是爸爸妈妈、兄弟姐妹、亲戚朋友还是同事? 当你悲伤难过时,是谁陪你走过的? 是爸爸妈妈? 是兄弟姐妹? 是亲戚朋友? 或是同事? 每个人生命当中都有一些重要人的支持,在你的生命中有没有谁是这样重要的人呢? 现在请想一想,找找生命中重要的人,想一想你遭遇困难压力时,你会向谁寻求帮助呢?

停 3 秒。

好,当你已经想好了,就可以慢慢地张开眼睛。

操作:请同学们在下面(见图 9-4)的人际支持系统网中写下在遇到压力和困难时,可以寻求到帮助的资源(在空格内写一个名字或称呼)。

讨论:现在看一看,你填在第一位是谁? 谁离你最近? 为什么选他/她? 在你遇到困难和挑战的时候,你是怎样向他/她寻求支持的? 如果你的支持网络里只有两三个人,请你仔细查找原因。

总结提升:要充分认识社会支持系统在维护自身心理健康中的重要作用,重视社会支持系统的建立和应用。

(四) 孤岛求救

时间:1 小时以上。

人数:不限,但是参加人数较多时,需要将队员划分成若干个由 5～6 人组成的小组。

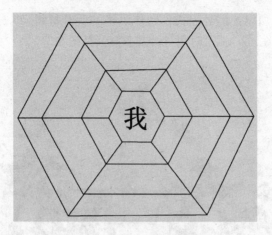

图9-4　人际支持系统网

目的：

1. 使整个团队参与到解决问题的活动中来。

2. 让整个小组协同工作，实现共同目标。

3. 培养团队精神。

准备步骤：

1. 将队员分成若干个由 5～6 人组成的小组后，给各组分配任务。

2. 各组利用自己找到的材料制作一个风筝。

3. 要求 30 分钟之内完成任务，风筝做好之后经测试，能够飞起来。

开场白：

遭遇海难后，你们组漂流到一个荒凉的孤岛上，被困多天，每个人都渴望逃离孤岛。忽然有人发现遥远的地平线上有一只小船，好像船上的人正在向这边看，但是他不可能看到小岛上被困的你们。你们没有火柴或其他能发信号的物件，因此只能想方设法制造一个风筝。估计风筝 30 分钟之内能够做好。通过放飞风筝才能让船上的人发现你们。船体残骸里已经没有什么东西了,所以你们必须找到制作风筝的所有材料,30分钟之后让风筝飞上天,抓紧时间,祝你们好运(见图9-5)。

图9-5　放飞风筝图

讨论:

1. 哪个队在30分钟之内让风筝飞上了天?

2. 活动过程中你们遇到了什么问题? 如何对问题进行分解的? 每个人都做了什么?

3. 活动过程中队员们都充当了什么角色?

4. 你们必须在规定的时间内完成任务,对此有何认识?

5. 整个团队运作有效吗? 为什么?

根据队员们的技能水平和场地周围材料的分布情况,适当地给他们提供一些道具,这样各组之间能够展开竞赛。

总结提升:一个团队的成员要进行充分的沟通,在沟通的基础上明确各自的职责,才能搞好协作,形成合力。团队成员也只有通过真诚合作,才能顺利实现团队目标。

(杨美荣)

第十讲

心理危机干预人员自身的心理维护与调节策略

　　心理危机干预者在灾害后即时提供护理和支持,可以丰富专业和个人的经验,并通过帮助他人来提升满足感。但同时也可能导致自我身心的耗竭,如果不能及时有效地进行自身心身健康的维护和调整,后果将极为严重。

一、心理助人工作者的个人成长

　　心理危机干预是心理助人的一种特别情况,因此它也具备心理助人的一般属性,其中重要的一点就是作为助人的个人成长。心理助人过程是助人者通过与受助者之间良好的关系,运用心理学,特别是心理咨询与治疗的理论和方法,帮助受助者恢复或增进心理健康,促进其个人成长的过程。心理助人是一种人与人之间的平等交流,是生命与生命之间的深层沟通。

(一) 心理助人工作者个人成长的意义与面临的困扰

　　有效的咨询可以使咨询双方获得成长,反之可能给双方带来无意的伤害。没有无效的咨询,咨询或治疗过程本身如果不能帮助来访者成长,就可能给其带来不利的甚至负面的影响,与此同时,咨询师或治疗师本身也将深受其害。因此在助人的外衣下,一个心理助人的过程很可能会成为"助人情节"严重者的陷阱,是人格严重不健全者的坟墓。在汶川大地震期间,灾区就曾经出现过"防火防盗防心理咨询"的流行语,这从一个侧面反映了失败的心理干预对受助者的伤害;而赵静波等人2009年的调查显示,国内目前心理咨询和治疗从业者较多存在胜任专业工作困难的感受,以及负性情绪体验,对于咨询过程中的某些伦理问题概念判断比较模糊。这都反映出一个迫切的问题——心理助人者的个人成长。

个人成长(individual growth)从字面上看包括生理和心理方面向着成熟和完善方向的发展以及发展的程度和状况。所谓心理助人者的个人成长每种心理学流派有不同的观点,但趋于一致的是,心理助人者变得更有力量,更有能力;而这种强大,侧重于包括很多心理咨询与治疗不会涉及的知识、能力、经验等心理因素。其心理因素中涉及个人的(personal)灵性与自我发展的、精神意义上的积极实现即个人成长或自我生长,在英文中被称之为(personal growth),即成为一个人的努力和过程。由此可见个人成长一直都是心理助人者专业发展的主题。

1. 个人成长有效助人的必经之路

(1)心理助人——生命与生命的沟通:在心理助人过程中,助人者并不是一个脱离了个性的机械地操作着各种专业技巧的技师,而必须是一个真实的个人,要用自己的生命去体验另一个生命,以自己一个真实鲜活的生命与来访者交流,才能设身处地地对受助者产生同感,才能开启受助者的心灵,协助其发现自我,认识自我,改变自我,实现自我的成长。这个过程既不是单纯的认识过程,也不单纯是一个情感过程,而是一个生命与生命沟通的过程;唯有此,才能够唤起受助者面对自我的勇气和决心,带给他自我成长的力量。只有不断地完成自我成长,才能更好地助人成长。

(2)最有效的资源是助人者自身:美国心理学家所言,"在咨询过程中,咨询师能带进咨询关系中最有意义的资源,就是他自己"。也就是说,助人者在心理助人过程中使用的最重要的手段,不是他的理论和技术,而是在这一过程中他的全部的人格因素,包括他的认识,他的情感,他的经验,他的价值观,他对生命意义的理解和追求,他对生命的态度等。心理助人者自身对人性的独特的体验理解是其理解和掌握各种心理咨询、治疗理论、技术的基础,因此许多心理学家都强调咨询人员自身对于心理咨询过程的重要性。

(3)心理助人者是受助者行为上的典范:心理救助过程在某种意义上是助人者的投射过程,处于心理无助的受助者往往会非常信任助人者,常常会把助人者看做是自己的权威,当作自己行为上的典范。咨询人员的一言一行,一举一动,都会在不知不觉地影响着受助者,使其深受影响。但心理助人者同时也是一个真实的、有血有肉的、有情绪反应的、有困难挫折的人,也是一个生活在现时社会中,要时时面临各种生活麻烦的人,如何实现自己的社会角色的分离与整合呢? 这就需要个人成长。

2. 个人成长有效防御职业伤害的必然选择

(1)心理助人的个人卷入性带来的不良反应:心理学家Patrick 将心理咨询的职业特点总结为:反复与人接触、剧烈的人际互动、长期的卷入和给予者的角色。这一特点决定了要进行有效的心理助人,助人者就要设身处地地体验受助者的内心情感世界,会经常体验到焦虑、紧张的情绪或消极情感,甚至替代性创伤(vicarious traumatization,VT);在这一互动过程中,又不可避免地会出现矛盾、冲突;而同时身为心理助人者却必须给受助者提供积极的支持、共情、指导和建议等,这都会导致心理助人者的情感损耗过度,造成心理疲劳,甚至职业枯竭,损害其心身健康。

(2)社会角色模糊与角色冲突造成心理冲突:心理助人过程中助人者的职业角色要求他们以专业化的态度和表达与来访者交流,只存在咨访关系,职业角色在这里明确而单一,但是咨询师有自己的成长经历和文化背景,也受个人成长中形成的依恋关系所产生的内部工作模式的影响而有着咨询师自己独特的人际关系表达和建构方式,它可能在潜意识中起作用而影响到咨询师角色的功能发挥。另一方面,咨询师在走出咨询室,进入个人生活空间后,往往又遭遇另一种尴尬,即面对亲朋好友时,因为职业的关系,旁人又会将他们看做是有专业知识的心理医生,应该有与众不同的视角和表达。于是就会有人对他们说:"你是心理医生,你应该处理好……,你是心理医生,你不应该……",这样的期待使他们不能轻易表达、宣泄内心的压力和负性情绪;同时因为职业角色意识,也使他们在与熟人朋友,尤其是有困扰的朋友的交往中,不自觉地用职业化思维方式传递信息,如不作价值评价,不直接提供指导,但又绝不是心理咨询式的帮助。朋友间的个人安全空间的保留会使他们不能轻易进入对方,很难把握对方的深层问题,结果咨询师自己觉得无能为力,朋友还感受到的是他们的疏远与漠不关心,致使角色传播没有形成,实际的人际传播又受到角色传播的干扰。

心理助人者角色是一个特殊的职业角色,当企图以心理咨询师的面孔处理生活中的所有问题时,就会出现各种社会角色界限的模糊,一种既不能分离又不能整合的状态,这很容易导致咨询师的心理冲突和耗竭。

而要解决心理助人者的这些职业困扰必然的选择就是个人成长,通过提升自身的心理成熟度和人格完善度来有效地防御职业伤害。

(二) 心理助人者必备的人格特征和情感能力

一般认为,要成为一名有效的心理助人者须具备以下的人格特征:

(1)对人具有强烈的兴趣,充满好奇心并喜欢探究。

(2)有倾听的能力。

(3)善于沟通,喜欢与别人交流。

(4)共情,善于理解别人,设身处地。

(5)较强的情感洞察力,善于处理情感问题。

（6）内省，对自己的能力有清醒的认识，善于在心理咨询过程中把握自己。

（7）宽容，有能力控制自己的不满情绪。

（8）幽默，可以发现生活中积极的一面。

而作为心理咨询和治疗师应具备的情感能力一般包括：自我认识、自我接受和自我督导，即治疗师能够认识和承认自己是现实生活中独特而难免有错误的人；知道自己情感方面的优缺点、需要和资源、临床工作的能力以及局限性等。

从中我们不难看出，有些人可能先天具有一定的从事心理助人的人格优势和较好的原始的情感能力，但对于任何一个人来讲都不可能是完全胜任的。这就需要心理工作者在职业发展过程中不断地完善自我的人格，逐步丰富提升自身的情感能力。

著名的人本主义心理学家罗杰斯认为，心理助人者和受助者的个人成长目标是相同的，"在我看来，个人最想达到的目的，他在有意的方式和无意地追求的目标就是成为他的真实自我"。因此如果咨询师不能成为真实的自我，也无法帮助他人解决心理问题。成为"真实的自我"，意味着对经验的开放，充分地信任自己，形成自己内在的评价源，成为过程的意愿。

（三）心理助人者个人成长的途径

心理助人者要实现个人成长，要从以下几个方面着手：

（1）时刻维护自身心理健康：心理健康的主要标志有：对自己能客观地认识并接纳，对他人与环境能客观地认识并接纳，情绪相对稳定，能控制自己的思想与行为，能建立和谐的人际关系，人格健全。用一句话总结，心理健康就是心态好、心理平衡。心理健康对心理助人者来讲至关重要，"疗心者"必须有一颗健康的"心"，这是与一般的内外科医生很不一样的地方。生活规律、淡泊、有限接待、把工作留在咨询室、生活中不谈工作与个案、不做燃烧自己照亮别人的蜡烛而要做照亮别人也照亮自己的日光灯等，所有这些做法与经验都有利于心理咨询师维护自身的心理健康。即使是心理健康的人也有情绪低落或不稳定的时候,此时咨询师不宜接待来访者。否则不仅不能帮助来访者还可能伤害来访者。

(2)经常检讨自己的专业修养,提高职业道德:心理咨询师的专业修养主要包括知识与技能两大项。除了学习好心理学的基础理论,掌握心理咨询的专业知识,发展多方面的知识结构外,在心理咨询实践中发展心理咨询技能也十分重要。有人说心理咨询不是学出来的而是练出来的,充分说明实践的重要性。学过心理学的人不一定能做心理咨询,一则他可能不愿意,二则他可能做不了。由于师资与国情原因,国内的心理咨询师很多是在没有见习与实习的情况下进入心理咨询领域的,这是很不妥当的,但其中的大多数都能够自觉遵循"实践-规范-实践-提高"的发展过程,而心理咨询的同行交流十分有利于规范和提高咨询师的专业修养。

心理助人者不得因受助者的性别、年龄、职业、民族、国籍、宗教信仰、价值观等任何方面的因素而歧视受助者。在心理救助关系建立起来之前,必须让受助者了解心理助人的工作性质、特点,这一工作的局限性,以及受助者的权利和义务。心理助人者应与受助者对工作的重点进行讨论并达成一致意见,必要时(如采用某些疗法)应与求助者达成书面协议。心理助人者与受助者之间不得产生和建立咨询以外的任何关系。尽量避免双重关系(尽量不与熟人、亲人、同事建立咨询关系),更不得利用受助者对助人者的信任谋取私利,尤其不得对异性有非礼的言行。心理咨询归根结底是一种助人的活动,而助人是一种人格特点,但主要是一种品格。

(3)寻求和接受行业督导与同行互助:督导(supervision)是指有咨询专长的督导者对心理助人学习者或称受导者,通过观察分析、评价,在业务学习上与实践操作上给予及时的、集中的、具体的指导与监督,以不断提高学习者对心理助人(心理咨询或治疗)概念的理解和操作技能,是心理助人者业务提高与个人成长的重要环节。心理助人者接受督导是十分必要的,因为心理助人是一个过程复杂的工作,受助者的问题复杂多样,而助人者的知识经验是有限的,助人者要实现专业成长与可持续的心理健康必须依靠督导制度。

在督导中,督导员既是教育者又是支持者还是评估者,督导的方式主要有个别督导、团体督导和现场督导。督导的范围通常包括专业学习督导、工作实践督导和对咨询者个人心理健康的督导。专业学习督导需要制订培训计划和工作方案、指导理论学习、审核咨询计划、组织个案分析、举办专题讲习班、点评咨询中的重点难点、参与业务考评和年检;工作实践督导包括对职业道德和相关法规、工作态度、工作表现和业务能力的检查与指导,对业务能力的评估,关注咨询过程中咨询关系是否正常发展等;个人心理健康督导则指评估咨询者个人心理素质、关注心理咨询者个人心理健康状况、协助排除因职业原因造成的心理问题、指导个案中个人成长的问题。

但调查显示,我国心理健康从业者督导情况堪忧,接近半数的人从未接受过任何形式的督导,因此从现实角度来讲,同行互助就变得非常重要,它可以在某种程度上起着督导的作用。

(4)与来访者一起成长:心理助人活动是人与人之间的一种交往,是一颗心与另一颗心的碰撞;一种思想与另一种思想的交流;一种经验与另一种经验的相互影响;一种人格与另一种人格的整合冲击。不要仅仅认为咨询者帮助了来访者,来访者反过来也能帮助咨询者。心理助人中的来访者只不过是一些暂时有心理困扰的正常人,他们的智慧、经验、观点经常也能够帮助咨询师成长。

每个人都有盲点,这指的是自己所不明白及不清楚有关自我的地方,这些地方往往在个人的成长上成为一个障碍。对心理助人者而言,如果自己都不清楚自己,又如何能有效地帮助别人呢? 而在心理助人的过程中,助人者可能会发现受助者有时候竟能帮助助人者发现自己的盲点,引导其提升成长。

二、灾后心理危机干预的特点及常见反应

在最新出版的《灾后心理危机研究》报告中发现在四川汶川地震灾区群众在情绪和人格方面都存在较大问题,而救援人员在很多的情绪指标(特别是孤独情绪上救援人员远高于受灾的青少年和成人)与灾区群众接近,在应对方式的自罪维度上救援人员则远高于灾区群众。也就是说参与救援的人员也在承受着灾难带来的巨大的心理创伤,这其中包括心理危机干预人员。

(一) 心理危机干预的特点

与日常的心理辅导、心理咨询和心理治疗不同,心理危机干预具备以下一些特点。

1. 以被动求助为主　日常的心理辅导、心理咨询或心理治疗一般由来访者主动寻求心理方面帮助,并通过预约时间地点、付费等形式来强化其主动性。而在心理危机干预中情况则大不相同。一方面,在灾难后无论是哪一级的受害者,其往往都处于高度紧张状况下,高度唤醒,惊恐不安;情绪起伏大,极不稳定;在这种心理状态下,大多数的受害者根本就不会想到要寻求心理方面的帮助,特别是心理严重受伤害的人最可能出现回避状态,不但不会寻求帮助,反而可能对主动提供帮助的人怀有抵触甚至敌对的情绪。另一方面,从我国心理卫生知识的普及状况来看,大多数老百姓,因其文化程度、生活氛围、消息通道的限制,对"心理医生"、"心理救助"等字眼存在误解,认为心理医生找自己谈,自己就是有精神病了,在这种背景下极少有人会主动寻求心理工作者的帮助。

因此实施心理危机干预在形式上以被动接受心理救助为主,要求干预人员要主动地走到受害人当中去,寻找那些心理状况差,迫切需要进行危机干预的人进行心理疏导。如何与受害

者在极短的时间内拉近距离,让其打开封闭的心灵,这对干预人员的技能和心智提出了更高的要求;难免的碰壁和被拒绝的经验,也会使干预人员体验到挫折感,无力感,对自身的价值产生怀疑。

2. 工作条件艰苦　在自然灾害、事故灾害后进行的心理危机干预往往要在极为艰苦的条件下开展。这与设施讲究,环境安静的咨询室完全不同,对干预人员的体力、精力和毅力提出了更高的要求。以四川汶川大地震为例,唐山的第一支心理求援队伍中的很多成员曾连续在灾区工作 38 天,期间辗转于北川、都江堰等多个重灾区,爬山路、住帐篷,生活条件和工作环境都异常艰苦,体力消耗很大。

3. 工作强度大　日常的心理咨询一般采用的预约制,使咨询师可以选择在身心条件俱佳的条件下才开展工作,这既可以保障咨询服务的质量,又有利于自身身心健康的维护。但心理危机干预往往时间紧迫,任务繁重,情况复杂;特别是四川汶川大地震这样的巨大的自然灾难,直接受害人数庞大,这时干预人员的工作强度大,需要满负荷甚至超负荷工作。这样高强度而缺乏缓冲的工作对其自身的身心健康往往会带来极大的伤害。

4. 情感冲击强烈　对心理危机干预者而言,也属于对灾难的暴露人群,在工作中要目睹耳闻一幕又一幕的生离死别的人间惨剧,经受残酷的死亡场景带来的心灵震撼,体验灾难受害者因伤残、丧亲、损财等带来的巨大的心灵伤痛,感受受害者强烈的悲痛、愤怒、麻木、迷茫等情绪,而这不可避免地会对干预者的心理产生冲击和影响,使干预者也会出现一系列认知、情绪和行为方面的反应。

需要特别指出的是,因为矿难发生往往比自然灾难在背后多出了许多人为因素。一旦出现矿难,从矿难幸存者到遇难者家属,再到同矿的工人都会出现强烈的怀疑和抵触情绪,这对心理危机干预的展开必然会带来不利影响。

（二）心理危机干预者常见的身心反应

1. **进行心理危机干预时常见的应激反应** 心理危机干预者因为直接面对灾难和受害者的应激反应,会体验到常见的一些应激反应:

（1）增加和减少活动的水平。

（2）睡眠困难。

（3）药物使用。

（4）麻木。

（5）易激惹,愤怒和挫折感。

（6）以休克、恐惧、恐怖及无助形式的替代性创伤。

（7）混乱、主意缺乏、决策困难。

（8）身体反应（头痛、胃痛、受惊吓）。

（9）抑郁或焦虑症状。

（10）社交活动减少。

2. **极端应激反应** 救助者可能会体验到更严重的应激反应,所以允许寻求督导人员的支持,这些极端应激反应包括:

（1）同情的压力:无能为力、困惑、孤独。

（2）同情疲劳:疲软、疏远,放弃。

（3）直接或间接地,投入的或不由自主的再次体验创伤。

（4）试图在专业领域或个人生活中超越控制。

（5）回避和隔离。

（6）依靠物质预防情绪,变得过分的投入工作,或睡眠的急剧改变（避免睡觉或不想起床）。

（7）人际关系的严重困难,包括家庭暴力。

（8）伴随绝望的抑郁（有把个体置于高自杀风险的潜在可能）。

（9）冒不必要的风险。

3. **职业枯竭（职业倦怠）** 有时也译成职业倦怠。职业倦怠（job burnout）,是指一种在工作中或职业生涯中由于情感上的要求长期得不到满足而导致的身体、心理等方面都处在耗竭状态的体验。通常职业枯竭现象不易被察觉，并在不知不觉中被加剧。何种特征的出现标志着过劳发展到损伤程度，目前并没有统一认识。但职业枯竭作为每天生活和工作不停竞争和长期压力的后果，会缓慢而持续地腐蚀着人们的身心健康。

心理危机干预者面对的是有危机经历，正处于危机状态的人，这些求助者可能经受过诸如残疾、伤害、丧亲等严重身心伤害，解决这些问题需要危机干预者有极旺盛的工作精力和强有力的自我恢复能力，同时他们还必须要忍受各种各样潜在的复杂问题，长期不断地从事这类工作，能消磨任何人的乐观态度和工作动力。

在进行心理危机干预时，干预者深深陷入与求助者的这种帮助关系之后，他们强烈地被接纳、被喜爱的需要使得他们需要对求助者的要求说"不"时变得越来越难。于是他们可能延长工作时间，完全体验求助者失败时的感情损害，期望戏剧性地治愈不可能痊愈的病例；当病例已显然超出自己的治疗范围时仍坚持大包大揽，很快危机心理干预者会对这种帮助关系产生厌烦。另外，面对某些事件由于他们投入了强烈的情感体验，可能会给他们带来极大的压力。如果没有认识到反移情现象并作出合理处理，他们会因对其求助者有负面情感而自责。

干预者枯竭的因素是多方面的，还可能由自身的不合理信念、组织管理不当、对自身认识不足和技巧运用不当等因素引起。必须明确，绝对没有谁先天就有对职业枯竭的免疫力。如果不能采取果断的措施，职业枯竭一旦走向极端就会导致生命危险。

三、心理维护与调节的策略与措施

心理危机干预者如何有效地开展工作的同时，又能有效地维护和调节自身的心身健康呢? 我们将从组织管理机构和干预者个人两个方面来谈。

(一) 组织管理机构对干预人员的照顾

1. 组织管理机构在准备阶段对干预人员的选择　从组织管理机构来看,开展救援之前除了要作好物资的准备之外,更要对心理危机干预人员从个人专业水平、当前的心身状况、家庭和工作状态等多方面进行评估,只选择适合的人员参加救援。

(1)个人因素评估:对在提供心理援助的过程中,可能会经历的多种复杂的情况,这对干预人员的专业素质和能力有更高的要求,因此要进行多方面能力评估,具体如下:①与体验着强烈痛苦并伴有尖叫,歇斯底里的哭泣,愤怒或退行等极端反应的求助者工作的能力;②与非传统的环境下的求助者工作的能力;③在混乱的、不可预知的环境下工作的能力;④接受非心理健康方面的工作的能力和意愿(比如分配水,喂食,打扫地面);⑤在没有监管性的环境下工作的能力;⑥为来自不同文化,民族,阶级,信仰和受教育水平的求助者提供帮助的能力;⑦在危险、状况不明的环境下工作的能力;⑧与并不接受心理健康支持的个体工作的能力;⑨与不同工作方式的专业群体合作的能力。

(2)健康因素评估:除了对专业能力的要求之外,还要对干预者的当前的身心状况,以及在灾害环境下可能会带来的影响进行评估,具体如下:①近期的手术或药物治疗;②近期的情绪或心理问题;③过去 6～12 个月内人生的重大变化或丧失;④早期丧失或其他负性生活事件;⑤可能阻碍干预工作的饮食禁忌;⑥保持长时间精力充沛并忍受身体疲倦的能力;⑦如果需要药物,是否能准备好足够的药物以满足任务期间乃至多余几天的需要。

(3)家庭因素评估:在灾难情境下,还要对干预者的家庭对其将提供心理危机干预一事的应对能力进行评估,具体如下:①其家庭成员是否作好了与其分离几天乃至几周的准备;②其家庭成员是否接受其将在一个不可预知的危险环境下工作的事实;③在其离开并长时间工作的日子里,是否有家人或朋友承担其家庭责任与义务;④是否有一些未解决的家庭或人际关系问题会影响到其灾害求助工作;⑤在其完成救灾工作之后,是否会有一个良好的支持性环境欢迎其归来。

(4)工作因素评估:评估心理危机干预人员参加心理救助可能对其工作生涯产生的影响,具体如下:①其单位(上司)是否支持其对心理救助服务的兴趣与参与;②其单位(上司)是否允许其离开工作岗位;③其单位(上司)是否允许其利用假期或者其他非工作时间成为一个灾难心理健康工作者;④其工作职位是否足够的灵活,允许其24~48小时内随时服从灾害任务;⑤其同事是否赞成其的暂时离职,并在其归来时表示欢迎。

2. 救灾工作中组织对干预人员的照顾　招募心理危机干预者的组织管理机构要通过提供适当的支持和措施减少干预者遭受极端压力的风险,这些努力包括:

(1)限制工作轮班不超过12小时和鼓励工作中的休息。

(2)干预者从最高暴露的作业向较低水平暴露的作业循环。

(3)设置时间期限。

(4)确定在管理,督导和支持等各个层面上有足够的干预者参与工作。

(5)鼓励同伴搭档和同伴咨询。

(6)监控那些符合某种高风险标准的救助者,比如:①灾难幸存者;②那些经常暴露于受剧烈影响的个体和社团的人;③那些原有身体疾患者;④那些有多重压力,包括那些在短期内对多重压力有反应者。

(7)建立督导,案例讨论和成员感恩事件。

(8)进行压力管理训练。

3. 救灾后组织管理机构对干预人员的照顾　在救灾任务完成之后,心理干预人员回家后要有一个调整期,需要干预人员进行个人的身心恢复。此时组织管理机构应该：

（1）鼓励那些经历了个人创伤或丧失的干预者休假。

（2）进行离职面谈帮助干预者处理他们的体验，其中应包含如何就他们的工作与其家人进行信息的沟通。

（3）鼓励干预者在需要时寻求咨询，并提供相关资讯。

（4）提供压力管理教育。

（5）通过建立清单服务，共享联系信息或预定电话会议，便利救助者彼此沟通。

（6）提供工作方面的积极信息。

（二）心理危机干预人员的自我照顾

1. 救灾工作准备阶段的自我照顾　有愿望要参与心理危机干预的人员，首先要配合心理危机的组织管理机构作好事前的各种评估工作；尊重科学，爱护自己的身心健康，不要勉为其难。一旦有机会参加灾难救助工作，进一步提高自身的专业素养，作好身体和心理的准备，与家人和同事沟通，争取他们的支持，在此基础上还要花点时间准备以下事情并作好责任安排：

（1）安排好家庭事务，明确其他家庭成员的责任，包括小孩照顾计划和宠物照顾计划。

（2）做好单位中的工作安排，与领导协调找好替代工作人员，作好工作交接。

（3）如果你有一些社团活动，请向社团及成员说明，并作好工作安排。

（4）安排好其他责任和顾虑。

2. 救灾工作中的自我照顾

在救灾工作中，勤奋工作的同时，一定关注自身的身体状况和心理感受，多做促进自我照顾的活动，这些活动包括：

（1）管理个人资源。

（2）获得足够的锻炼、营养和放松。

（3）有规律地运用压力管理工具，如：①常规地拜访督导，分享观点,鉴别困难经验,制订问题解决策略;②在工作日练习简短的放松技术;③运用伙伴系统分享低落的情绪反应;④对局限和需要保持觉知;⑤辨识饥饿、生气、孤独或疲劳,并采取合适的自我照顾措施;⑥增加积极的活动;⑦践行宗教信仰,哲学思辨,心灵慰藉;⑧花时间和家人、朋友联系沟通;⑨学会如何"释放压力";⑩写作、绘画;⑪限制咖啡因、烟草、药物的使用。

在心理危机干预任务中,干预者应该尽可能地做一切努力。①自我监督和测量成果;②保持边界(在特定的轮班时期,接受或拒绝委派任务、避免与太多的幸存者在一起工作);③定期和同事、家人、朋友联系;④与搭档或团队一起工作;⑤放松/压力管理/身体照顾/茶点休息;⑥利用定期的同伴咨询和督导;⑦尽量灵活、耐心、宽容;⑧接受他们不能改变每件事情的事实。

同时干预者应当:①避免没有同事的情况下,延长单独工作的时间;②避免"昼夜不停"地工作,很少休息;③避免消极的自我暗示,强化失败或无能的情绪;④避免过度使用食物、药物作为支持。

特别注意,在进行心理危机干预时,因为时间紧张,任务繁重,干预者可能会产生"花时间休息是自私的"、"其他人昼夜不停的工作,我也该如此"、"幸存的需要比干预者的需要更重要"、"我可以通过一直工作最大限度地奉献"、"只有我能做×××"这类的想法,必须指出这些想法是不妥当的,是一种认识的误区,应该避免。

3. 救灾后的自我照顾　在心理危机干预任务结束之后,干预人员进行了灾后的恢复期,在此期间要尽一切努力做到:

(1)寻求和提供社会支持。

(2)与其他救灾的同事联系,讨论救灾工作。

(3)增加同事的支持。

(4)安排假期或为逐渐融入正常生活列出时间表。

(5)为世界观的改变(可能不被你生活中的人所关注)作好

准备。

（6）如果极端的反应持续超过 2～3 周，接受正式的帮助以调整你对救援工作的反应。

（7）增加休闲活动，压力管理，锻炼。

（8）尤其注意健康和营养。

（9）特别注意重启已经中断的人际关系。

（10）养成好的睡眠习惯。

（11）花时间自我反省。

（12）练习接受他人。

（13）寻找你喜欢或让你大笑的活动并参与其中。

（14）尝试不做负责人或"专家"。

（15）增加对你有精神或哲学意义的体验。

（16）预期你将要经历想法或梦的重现，它们将随着时间而减少。

（17）坚持写日记以清除你内心的担忧。

（18）如果在返回家中你感觉烦躁或适应困难，请寻求专业人员的帮助。

在救灾工作完成回到日常生活中后，要尽一切努力：①避免过度使用酒精、违禁药物或过量的处方药；②避免在一个月内作出任何大的生活改变；③避免消极地评估你救灾工作的贡献；④避免担心调整。

在恢复调整期要避免走进的误区有：①持续不断的繁忙，这不利于体力和精神的恢复；②认为帮助他人重于自我照顾；③要回避与他人谈论救灾工作，这会使干预者很长时间都走不出救灾时的应激状态。

（高志华）

第十一讲

矿工心理健康与促进

学习要点

1. 矿工心理健康的标准。
2. 矿工心理健康的促进。
3. 影响矿工心理健康的因素。
4. 矿工修养。

一、矿工心理健康状况

煤矿安全生产是维护社会稳定,构建和谐矿区的一项重要任务,煤矿工人心理健康状况又与煤矿安全生产息息相关。由于煤矿自身的自然条件和生产过程的特殊性,矿井中存在着许多特殊的不良环境因素和灾害性因素,这些因素严重地威胁着矿工的劳动安全和身心健康,并使他们产生许多特殊的心理卫生问题。而这些心理卫生问题又会反过来成为煤矿事故的心理因素,影响着安全生产的实现。

据多年来的大量研究表明,在引起煤矿事故的人与物两大因素中,人的因素占有最重要的地位,达 80%～90%。这里"人的因素"主要是指人的各种不安全行为,而行为的背后,起支配作用的则多是一些心理问题。可以说,矿工的心理卫生与煤矿安全生产密切相关,值得我们去深入研究和探讨。

（一）矿工心理健康状况的流行病学

矿工心理健康状况的流行病学调查研究很多，多是采用症状自评量表（SCL-90）进行调查分析。戴福强等（2008 年）用症状自评量表对皖北煤电集团公司所属 9 个煤矿的 14341 名工人进行了心理健康水平的整体调查，并与国内常模比较。结果发现，煤矿工人 SCL-90 总分、阳性项目数和躯体化、人际关系、抑郁、焦虑、敌对、恐怖因子均分均明显高于国内常模。井下矿工 SCL-90 总分、阳性项目数和躯体化、人际关系、焦虑、恐怖因子均分均高于地面矿工。此结果表明煤矿工人的总体心理健康水平较其他人群低，井下矿工存在的心理问题更为严重，其中以躯体症状、人际关系、抑郁、焦虑和敌对等方面表现最为突出。

睦衍波等（2003 年）对某煤炭企业集团 11 个矿区分层随机抽取 1454 名煤矿工人（844 名矿工和 610 名一般工人）采用自编的社会应激事件调查量表、五大人格量表（NEO-FFI）、症状自评量表（SCL-90）和一般心理健康量表（GHQ）进行调查，并对矿工和一般工人进行对照研究。结果表明相对于一般工人，矿工是一个男性多、较年轻、文化程度较低的群体；这个群体的人格特征是神经质高，宜人性低，严谨性低；矿工的压力总分和工作压力分均显著高于一般工人；矿工的 GHQ 均分显著低于一般工人。此研究表明在人格特点方面，矿工与一般工人比较，表现为神经质较高。应激方面，矿工的压力强度显著高于一般工人。由于压力总分和 SCL-90 总分相关，表明矿工的心理健康与其应激有关。

朱本亮等（2009 年）采用症状自评量表，对 1015 名徐矿集团职工进行心理状况调查，并与国内常模进行比较。结果发现一线井下职工在抑郁、人际关系敏感、偏执因子中分数较高。宋志方等（2010 年）对某煤矿 800 名工人采用症状自评量表（SCL-90）进行问卷调查。结果发现煤矿工人的总体心理健康水平低下，井下作业工人尤其明显。煤矿井下作业工人各因子分、总分、总均分、阳性项目数、阳性症状均分均高于地面作业工人。

综上所述,大量有关矿工心理健康的研究发现,矿工总体心理健康水平较其他人群低,井下矿工存在的心理问题更为严重,其中以躯体症状、人际关系、抑郁、焦虑和敌对等方面表现最为突出。提示矿工的作业环境,尤其是井下作业对煤矿工人的心理健康有着不可忽视的影响。

(二) 影响矿工心理健康的因素

国内大量有关矿工心理健康的现状的研究表明矿工整体心理健康水平低,分析其原因与以下因素有关:

1. 矿工作业环境中理化因素的危害　矿工是个特殊的职业群体,他们常年所处的工作环境以及所从事的生产作业活动具有很强的特殊性。以煤矿为例,我国煤矿96％是地下开采,受自然条件所限,作业环境狭窄、黑暗、高温、高湿,又存在较多的污染性因素(如强噪声、粉尘、有害有毒气体等)和危险性因素(如水、火、瓦斯、煤尘和顶板五大自然灾害、机械伤害等)。矿工常年工作在这样条件十分艰苦的环境之中,而且劳动强度比较大,这些因素均可不同程度地影响人的情绪、行为和注意力,破坏人体的正常状态,引起躯体不适,从而影响心理健康。众多研究表明,我国煤矿工人的心理卫生问题(如心理障碍和神经症等)显著高于其他一般人群,如忧郁、焦虑、恐惧、强迫症状等,还有很多一过性的心理症状,如感知、记忆和思维障碍,情绪低落和过度高涨,过度紧张以及故意违章冒险心理、侥幸心理和迷信心理等。这种心理状态是不适合煤矿生产现场这种复杂多变的环境对作业者的心理要求的。

2. 工作环境中社会心理因素的危害

(1)科技的发展对矿工心理健康的影响:科技的进步无疑对发展生产、提高工作效率和促进社会进步是有利的,但在某些情况下也可能会给劳动者带来不利的影响,如煤矿生产普遍改为综合机械化采煤后,不仅使作业粉尘度大大增高,增加了粉尘对矿工的危害性,而且人-机相互协调、适应的问题也很突出。

(2)产业结构的改变对矿工心理健康的影响:近30年来,我国农村乡镇企业蓬勃发展,大量农民转为工业从业人员。由于缺乏正规系统的培训,工业生产知识贫乏,对机械化生产及流水作业不适应。如果在劳动生产中组织不当,会给这些劳动者造成精神高度紧张或心理障碍。

(3)企业经营中不可避免的社会问题对矿工心理健康的影响:由于企业经营困难,裁员或停工情况在所难免,这一方面给部分工人带来一定的生活问题,另一方面也给其带来一定的心理压力。一项调查报告显示,60%以上的工人在心理健康状况方面有不同程度的焦虑、自卑、抑郁、偏执、自闭等症状。

(4)职业紧张对矿工心理健康的影响:职业紧张是工作条件与工人个体特征间的相互作用,也就是当工作需求超过工人的工作能力就会发生职业紧张。职业紧张理论认为,个体长期处于各种很强的职业紧张环境中,可以产生一些急性紧张反应。如果反应长期存在,则可导致明显的无效行为、过度反应和不能从工作中恢复为特征,其结果导致睡眠障碍、身心不适和健康危险增加等。

3. 体力疲劳和劳动安全的危害

(1)体力疲劳:疲劳是人不能在给定的劳动强度下继续进行劳动。这既可源于生理因素,也可源于心理因素。前者与过度劳动、职业性有害因素有关,后者则与缺乏动力、兴趣或过度心理紧张有关。过度疲劳时不仅出现神经体液调节功能紊乱,还可伴有组织器官损害。常见的症状有疲惫无力、怠工、失眠、丧失工作信心,自我控制能力减退等,感到无法按规定要求继续工作下去。上述疲劳的心理症状,会随着疲劳的加重而加重。轻度的疲劳对心理影响不大,可以通过意志的努力克服;长期疲劳的积累将形成过度疲劳,此时会出现明显的心理障碍或造成身心疾病。

(2)劳动安全:随着现代技术的发展,先进的机器和人机环境的复杂性,对人的感知、信息加工、操作等心理功能要求越来越高,随之心理负荷与情绪紧张程度增加,注意力、警觉性在生产过程中的重要性明显体现出来,稍有疏忽就可能造成事故,危及安全。

二、矿工心理健康的标准

1. 智力正常　智力以认知为核心,包括观察力、记忆力、思维能力、想象力和认识力等。它是衡量人的心理健康的最重要的标志之一。心理健康的人,智力水准虽然有所不同,但智力应是正常的。智力正常是矿工从事这种特殊井下作业最基本的心理条件。

2. 情绪乐观并能自控　矿工需要具备乐观的情绪状态。心胸开朗,情绪稳定和乐观,常向光明看,不往"黑暗处"钻,热爱生活,积极向上,对未来充满希望,遇到麻烦能自行解脱。

心理健康的人对自己情绪的自控能力很强。心理健康的人在通常情况下,其内部心理结构总是趋于平衡和协调的。既有适度的情绪表现,以不为情绪所左右而言行失调。人具有自控情绪能力,即表明其中枢神经系统运行正常,身心各方面处于协调状态,不论遇到什么事总能适度地控制自己的喜怒哀乐,既不会得意忘形,也不会悲极轻生。有人认为,用情绪来表示心理健康就像用体温来表示身体健康一样准确。

3. 意志健全　意志是自觉确定目的,支配自己克服困难去实现目的的心理过程。意志健全的主要标志是行为的自觉性、果断性和意志的顽强性。矿工需要具备健全的意志,无论做什么事,都有明确的目的,能坚定地运用切实有效的方法解决所遇到的各种困难和问题,不优柔寡断,裹足不前,也不轻举妄动,草率行事。

4. 悦纳自我　矿工即使是生活在相对特殊的环境之下,也能体验到自己的存在价值,对自己的能力、性格、情绪和优缺点都能做到恰当、客观的评价;对自己不会提出苛刻的非分期望与要求,对自己的生活目标和理想也能定得切合实际,因而对自己总是满意的和接纳的。同时努力发展自身的潜能,即使对自己无法补救的缺陷,也能安然处之。

5. 悦纳他人　矿工应在社会和集体中善于和他人交往,并和多数人建立良好的人际关系。良好人际关系的建立是心理健康者与外界正常交往的结果,是个体对自己和对他人以及两者之间关系正确认识和评价的结果。心理健康的人,在和他人交往中,能接纳自我,并接纳他人,对集体具有一种休戚相关、荣辱与共的情感,在与人相处时,积极态度(如尊敬、信任、喜悦等)多于消极的态度(如嫉妒、怀疑、憎恶等)。人际关系协调和谐,在井下生活中能与他人融为一体,并能在这种集体环境中体验到安全感和快乐。

6. 人格健全完整　矿工应具有健全和完整的人格,这在这一特殊群体中更为重要。心理健康的终极目标是人保持人格的完整,培养健全的人格。人格健全完整表现在:人格的各个结构要素不存在明显的缺陷和偏差;具有清醒的自我意识,了解自己,客观地评价自己,生活的目标与理想切合实际,不产生同一性混乱;以积极的价值观和人生观作为人格的核心,有相对完整的心理特征。

7. 适应社会环境　能适应社会环境主要指矿工应有积极的处世态度,与社会广泛接触,对社会现状有清晰的认识,其心理行为能顺应社会变革,勇于改造现实环境,以达到自我实现与社会奉献的协调统一。能了解各种社会规范,自觉地用这些规范来约束自己,使个体行为符合社会规范的要求。

在界定上述心理健康标准时,还应注意以下几个问题:

1. 心理健康是相对的,人与人之间存在差异。不同地域、不同民族之间因社会文化背景的差异,心理健康标准可能不同。

2. 从心理健康到不健康是一个连续带。每个人的心理健康水平可处于不同的等级,健康心理和不健康心理很难分出明显的界限。有很多人可能处于所谓的非疾病又非健康的"亚健康状态"。

3. 要区分心理是否健康和是否具有不健康的心理和行为。判断一个人的心理健康状况,不能简单地根据一时一事下结论。心理健康是较长一段时间内持续的状态,一个人偶尔出现一些不健康的心理和行为,并非意味着此人一定心理不健康。

4. 心理健康是一个随社会文化而发展的概念。心理健康标准会因社会文化标准不同而有所差异。心理健康不是一种固定不变的状态,而是一个变化和发展的过程。

三、矿工心理健康的促进

矿工如何在井下工作中保持健康良好的心理状态,排解不良反应,防止心理问题的发生,应从主观和客观条件两方面加强。

(一)客观方面

1. 妥善处理好不良环境中的理化因素

(1)高温作业时应改善作业环境的微小气候,注意高温作业劳动场所的设计、工作设计和劳动时间的设计。

(2)控制噪声源,采取治理噪声的各种技术,减少噪声对人的危害。

(3)改革工艺,加强防振措施,限定每日接触振动的时间。

(4)采用金属网、板包围放射场源,予以屏蔽,减少对操作者的辐射。

(5)配备个人防护用品,加强医疗保健工作。

2. 创造既符合国家有关矿工卫生学标准,又符合人类工效学原理的安全、舒适的工作环境,提高职业劳动者的生活质量,确保劳动者心理健康。设计适合于人体生理、心理的最佳操作方法,实现最佳匹配的人-机系统,减少疲劳,提高工作效率。做好职业选拔和训练,提高个体的职业能力和素质,以降低紧张状态。

3. 日常安全管理中对不安全心理因素的控制。不安全的心理因素就是指有可能成为事故的心理因素。在日常的安全管理工作中,若能控制这些因素,也就等于消除了可能引起事故的重要原因。如对因各种原因导致生理、心理状态发生较大波动(如过度疲劳、睡眠不足、患病、情绪低落或过度兴奋等)的职工,特别是从事井下一线工作的职工,应有监护措施,情形较重者,应让其停工休息,并帮助其进行身体和心理的调节;对发生较大的个人生活事件(如家人亡故、工作和生活发生较大变动以及在家庭、社会和工作单位发生人际纠纷等)的职工,应作特别的安排和帮助;对于个性心理特征不适应所从事工作岗位要求者,可采取人事调配措施;对有显著的心理障碍或人格异常者,应帮助其进行心理咨询和治疗等。如兖州矿业集团公司有的煤矿制定了有"特殊"情况(如情绪不正常、家庭或个人遇到较大事件、过度疲劳、班前饮酒等)的职工不准下井制度,以确保矿工劳动安全,收到了很好的效果。

4. 大力开展对矿工的心理卫生宣传教育和心理咨询工作,提高劳动者自我保健意识和能力。在煤矿中开展心理健康教育工作,广义地说应包括传统的思想政治工作,德高望重者对"问题职工"的心理疏导教育,专门的心理健康以及某些安全教育等。通过这种教育,使他们懂得了分析自己的心理变化和调节个人生理、心理状态的方法,并能够在心理上帮助别人。这对保持他们的心理健康状态、预防事故的发生起到了较大的作用。至于在煤矿开展专门的心理卫生工作,虽然十分必要,但由于目前具有这类专业知识的人员比较缺乏,一时还难以大面积开展起来。为此目前可暂时在矿区医院开设心理咨询门诊或心理咨询治疗室,让经过专门培训的人员或聘请有关专业人员逐步开展这方面的工作,以给需要心理方面帮助的矿工提供服务。

(二) 主观方面

矿工应从以下几方面加强自身修养:

1. 要有宽容乐观的心态 对待现实生活,要宽宏大度,不要斤斤计较;要看淡得失,不要患得患失;要襟怀坦白,不要阳奉阴违;要一分为二看事待人,不要囿于成见刻板对世,更不能对周围的一切都看不惯,整天牢骚满腹,怨天尤人。乐观可以化解不快,宽容可以消除矛盾,健康的心态可以使人超越不良环境的刺激,控制不良反应,减少"三违"行为的发生,与同事工友及社会环境保持融洽和谐的关系。

2. 要有执著追求的精神 要有理想、有抱负,有明确的人生奋斗目标。有奋斗目标就有动力,就不会为一时不顺所困,就不会消极怠工,就不容易发生事故。一个人追求的层次越高,他的人生境界也就越高,他才不会为小事所累,更不会抛弃安全而盲目蛮干。

3. 要有自强不息的性格　个性好的人性格温和、意志坚强、感情丰富、胸怀坦荡、情绪乐观,能与周围保持良好的互动关系,正确地对待自己、对待他人、对待矿难、对待社会,当他面对不公待遇时有正常心理反应,经得起批评、委屈、挫折、打击、逆境、疾病以及各种痛苦和不幸。

4. 要有自我控制的能力　善于用理智控制自己的言行、情绪、欲望,这是心理成熟的最高标志。有自控的能力就能与客观环境保持良好的接触,和家庭、单位、工友同事、社会人群都能和谐相处;对生活中的各种问题,面对现实,就能沉浮自如,宠辱不惊,对事故和挫折就能作出正常有效的反应,创造性地工作,以出色的成绩化解煤矿上的任何艰难困苦,这才是健康的最高境界。

5. 要有自知之明的悟性　要正确、客观、透彻地剖析自我,从而认识自己。能愉快、满意地接纳自己,相信自己的能力,相信自己的未来。不憎恨自己,不欺骗自己,不糊弄自己的良心。这是一个人的最高智慧,最大的聪明。

6. 要有排解压力的方法　遇到挫折时能将积郁心中的情绪,找亲朋好友、领导、同事倾诉予以释放,保持心态平衡;当处于逆境情绪低落甚至是火气上涌时,要有意识地转移话题或做些别的事情来分散注意力;遇到压力和挫折时将其变为动力等,这都是保持心理平衡、维护心理健康的必要之举。

与此同时,煤矿上的各有关部门也应为井下从业人员创造良好的安全从业环境。净化我们煤矿目前的软环境,强调相互尊重,相互支持,摒弃片面追求经济效益,使煤矿企业尽早跳出片面追求产量的怪圈,从而给井下从业人员带来释困解压的良好局面。全社会都应关心我国煤矿事业和采矿工人,切实保护广大井下从业人员的合法权益,让每一位井下工作者的从业环境越来越安全。

(李　凌)

参 考 文 献

[1]石杨.灾难后中小学生心理危机干预模式探析[J].现代中小学教育,2008,11:59-61

[2]李俊娇,杨振华,李秋丽,等.地震灾后少年儿童心理危机干预之团体心理辅导方案设计[J].小学德育,2008,12:32-36

[3]陶国泰.儿童少年精神医学[M].南京:江苏科学技术出版社,1999

[4]魏源.国外绘画心理治疗的应用性研究回顾[J].中国临床康复,2004,8(27):5946-5947

[5]张振娟.绘画在心理治疗中的作用及其应用[J].中国临床康复,2006,10(26):120-122

[6]严文华.心理画外音[M].上海:上海画报出版社,2003

[7]肖旻婵.运用ACT危机干预模式进行震后心理危机干预[J].中小学心理健康教育,2008,4-6

[8]薛飞,张绍刚.粘贴画疗法在灾后儿童心理危机干预中的应用[J].现代中小学教育,2009,8:53-55

[9]扶长青,张大均,刘衍玲.儿童心理危机的干预策略[J].心理科学进展,2009,17(3):521-523

[10]金宁宁,左月然,罗敏,等.突发灾难事件的心理危机干预[J].护理管理杂志,2005,5(1):35-38

[11]张娟.浅谈青少年心理危机的干预[J].中国科教创新导刊,2010,6:229-230

[12]刘经兰,王芳.国外心理危机干预对我国儿童心理危机干预的启示[J].赣南师范学院学报,2009,1:91-94

[13]崔杨.心理危机干预方法和心理危机干预模式[J].卫生职业教育,2009,27(2):142-144

[14]卢建平.汶川地震灾后的儿童心理危机干预问题及建议[J].中国神经精神疾病杂志,2008,34(9):521-522

[15]张学芳,张建球,马世民,等.矿难受害者及家属创伤后应激障碍研究[J].临床精神医学杂志,2004,14(5):293

[16]王怀海,谭庆荣,王志忠,等."7·29"矿难幸存者心理状况初步调查[J].中国神经精神疾病杂志,2009,35(7):432-433

[17]Holeva V,Tarrier N,Tarrier. Personality and peritraumatic dissociation in the prediction of PTSD in victims of road traffic accidents[J]. J Psyehosem Ras,2001,51(5):687-692

[18]侯彩兰.矿难后创伤后应激障碍流行病学及神经影像学研究[D].中南大学,2007

[19]Vernberg EM, Steinberg AM, Jacobs AK, et al. Innovations in disaster mental health：psychological first aid [J]. Professional Psychology：Research and Practice,2008,39(4):381-388

[20]Alexander DA. Early mental health intervention after disasters [J]. Advances in Psychiatric Treatment, 2005, 11:12-18

[21]陈伟伟.突发灾难中救援人员的心理危机干预策略[J].浙江教育学院学报,2008,3:13-14

[22]李序科.灾难性事件救助人员替代性创伤及其社会工作救助[J].中国公共安全(学术版),2008,12(3):75-78

[23]吴义娟,靳红雨.灾难性危机事件中的心理干预[J].中国公共安全(政府版),2006,131(4):922-941

[24]兰丽娟.灾害和事故救援官兵心理应激干预[J].人民军医,2009,6(52):344-345

[25]赵冲,李健.突发事件中军人心理危机的表现与干预[J].中华临床医学研究杂志,2005,11(18):7122-7131

[26]刘明晓,赵旭.浅析抢险救灾行动中官兵常见心理问题的教育疏导方法[J].广角视野,2008,146-148

[27]于欣.灾后心理卫生服务技术指导要点[M].北京:北京大学医学出版社,2008

[28]中国就业培训技术指导中心编写.心理危机干预指导手册[M].北京:中国劳动社会保障出版社,2008

[29]卫生部办公厅.卫生部办公厅关于印发《灾后不同人群心理卫生服务技术指导原则》的通知.2008

[30]肖长路,陈利.论心理训练的内容和训练模式以及实施方法[J].教育科学,2006,22(5):93-96

[31]张丽萱,艾旭,陈春杰,等.团队心理训练对新兵心理健康水平的影响[J].人民军医,2005,48(5):254-258

[32]王春才,张彩虹,陈毓.基于虚拟现实的煤矿事故模拟与分析系统[J].吉林师范大学学报(自然科学版),2009,2(1):58-61

[33]于晓霞,沈志刚.虚拟煤矿事故救援训练系统设计与实现[J].开发应用,2009,25(8):19-21

[34]Myer RA,Conte C. Assessment for crisis intervention[J]. Journal of Clinical Psychology, 2006,62(4):959-970

[35]Gilliland BE,James RK.危机干预策略[M].肖水源,译.北京:中国轻工业出版社,2000,96-102